Wilfried Besser

AF220761

Jetzt mal ganz unter uns

Neue Geschichten mitten aus dem Leben

Wilfried Besser

Jetzt mal ganz unter uns

Neue Geschichten mitten aus dem Leben

*Bibliografische Information der Deutschen Nationalbibliothek: Die
Deutsche Nationalbibliothek verzeichnet diese Publikation in der
Deutschen Nationalbibliografie; detaillierte bibliografische Daten sind im
Internet über dnb.dnb.de abrufbar.*

Wlfried Besser, „Jetzt mal ganz unter uns"

© 2020 Besser, Wilfried
Herstellung und Verlag: BoD – Books on Demand, Norderstedt

ISBN: 9783751997461

Inhalt

Jetzt mal ganz unter uns

Eigentlich ist es gar nicht so schwer, ein Buch mit Geschichten zu füllen. Denn die Themen dafür liefert uns der Alltag sozusagen frei Haus. Man muss nur Augen und Ohren offen halten und aufmerksam registrieren, was so alles um uns herum passiert. Und das ist wahrlich eine ganze Menge. Anschließend muss man das Gehörte und Erlebte natürlich noch in Worte fassen. Genau das habe ich über einen längeren Zeitraum getan, und kann deshalb nach meinem ersten Satirenbuch Ob Sie's glauben oder nicht nun den Nachfolger an den Start bringen. Wenn ich ehrlich bin, muss ich allerdings erneut gestehen, hin und wieder meine Fantasie bemüht und das eine oder andere ganz einfach erfunden zu haben. Aber das ist eben das Schöne an der dichterischen Freiheit. Sie erlaubt zwar nicht alles aber vieles. Macht aber auch den Hinweis erforderlich, dass Ähnlichkeiten mit lebenden Personen selbstverständlich rein zufälliger Natur sind. Nicht, dass sich noch jemand auf den Schlips getreten fühlt. Obwohl der heutzutage ohnehin immer seltener getragen wird.

Jedenfalls wäre es mir eine Freude, wenn Sie mit dem, was ich hier zu Papier gebracht habe, einige Stunden unterhaltsamer Lesezeit hätten. Vielleicht stellen Sie dabei sogar fest, dass Sie das eine oder andere so oder so ähnlich selbst schon einmal erlebt haben. Wundern tät es mich nicht.

In diesem Sinne.

Wilfried Besser

Best Ager

Neulich habe ich Post bekommen. Ich meine, das kommt durchaus häufiger vor. Im Grunde eigentlich täglich, wenn ich auch eingestehen muss, dass es sich dabei zu mindestens 90 Prozent um Reklamesendungen handelt. Mit denen ich zumeist überhaupt nix anfangen kann und sie deshalb umgehend in die Papiertonne entsorge.

Dieser Brief war allerdings von einem Versandhaus, in dem sich der interessierte Kunde mit allerlei elektronischem Schnickschnack eindecken kann. Zum Beispiel mit Laptops, Handys, Blue-Ray Playern, Tablets, Fitnessarmbändern, Nintendos und Digitalkameras. Nicht zu vergessen diese hilfreichen Gerätschaften, die Mädchennamen tragen und auf Zuruf das Licht anknipsen oder unsere Lieblingsmusik abspielen. Nun kann man darüber streiten, ob unsereiner das alles noch braucht. Aber meine diesbezüglichen Zweifel wurden in dem besagten Brief umgehend zerstreut. Denn die netten Herrschaften versicherten mir glaubhaft, ich sei ein Best Ager, also ein Mensch im besten Alter, stets an Neuem interessiert, kontaktfreudig und reiselustig, der nicht nur gern genießt und kauft sondern sich dies vor allem auch leisten könne.

Jetzt mal ganz unter uns, wer liest so etwas nicht gern? Gerade eben war man noch davon überzeugt, einer von den alten Säcken zu sein, und nun heißt es, alt, das sind doch die anderen. Die jenseits der 85, die stramm in Richtung 100 marschieren. Du hingegen bist ein Best Ager und das ist gut so.

Ich meine, immerhin hat ja schon der große Udo Jürgens, der inzwischen leider von uns gegangen ist, in einem seiner Lieder behauptet, das Leben finge mit 66 Jahren erst an.

Und damit natürlich auch die beste Zeit, um mal so richtig die Sau raus zu lassen.

Andrerseits weiß ich natürlich nicht, woher die Herrschaften ihr spezielles Wissen beziehen. Ob die sich vielleicht selbst in diesem ominösen besten Alter befinden und das deshalb so zuverlässig beurteilen können? Oder könnte es nicht sogar so sein, dass sie, gerade weil sie sich in eben diesem Alter befinden, nur behaupten, dass es so wäre? Also das mit dem besten Alter? Nur damit man sie selbst nicht für alt und tattrig hält. Da können sich aber mal ganz schnell erste Zweifel in die soeben aufgekommene kindliche Begeisterung schleichen.

Aber bevor diese Zweifel die Chance hatten, sich allzu tief in mir einzunisten, bin ich erstmal in aller Ruhe in mich gegangen, und zwar im wahrsten Sinne des Wortes. Hab in mich hineingehorcht, um zu ergründen, wie die Dinge denn nun tatsächlich stehen. Und bin dann zu dem Schluss gekommen, dass die Damen und Herren Experten so viel in die Welt hinausposaunen können, wie sie wollen. Entscheidend ist, wie nicht nur der versierte Fußballkenner schon seit Kindesbeinen weiß, immer noch aufm Platz. Sprich: Erst in der rauen Wirklichkeit erweist sich, was von derartigen Behauptungen und Parolen zu halten ist. Und da sieht es doch mal so aus, dass mein Kopf zwar mitkriegt, dass ich angeblich gerade die beste Zeit meines Lebens erlebe. Das Problem ist allerdings, dass er dieses Wissen nicht an meinen Körper weitergibt. Dass meine Knochen, Gelenke, Muskeln und Sinne sich immer noch in dem Bewusstsein befinden, steinalt und kurz vor dem Ableben zu sein. Und sich blöderweise auch genauso verhalten. Schmerzender Rücken, knirschende Knie, schlaffe Muckis, trüber Blick, pfeifende Ohren und bröselndes

Kauwerkzeug. Ich hoffe, ich habe jetzt nichts vergessen, denn auch das Hirn offenbart immer häufiger und immer heftiger elementare Lücken.

Angesichts dieser geballt auftretenden Alterserscheinungen fällt es einem doch verdammt schwer daran zu glauben, man befinde sich soeben in der besten Phase seines Lebens. Im Gegenteil, es wird einem eher schmerzlich die alte Volksweisheit in Erinnerung gerufen, der zufolge man immer so alt sei wie man sich fühle. Und es wird Sie bei all den zuvor geschilderten Wehwehchen nicht wundern, dass mir dieses Gefühl hin und wieder suggeriert, ich sei gerade 96 geworden. Das ist nun wirklich nicht das, was man sich in meinem ohnehin schon fortgeschrittenen Alter wünscht. Jedenfalls definitiv nicht Best Ager sondern irgendwie eher Last Ager.

Nun liegt es sicher nahe zu vermuten, dass ein solcher Zustand geeignet ist, unsereins in tiefste Depressionen zu stürzen. Und da ist zweifellos auch was dran. Gäbe es da nicht – und an dieser Stelle kommt zum Glück doch wieder etwas Licht ins altersbedingte Dunkel – ja, gäbe es da nicht auch die Stunden und Tage, an denen man sich fühlt, als sei man soeben einem Jungbrunnen entstiegen. An denen unser Lieblingsverein in der 89. Minute das siegbringende Tor schießt oder das Lottoglück uns einen satten Dreier plus Superzahl beschert. An denen uns der Handwerker, auf den wir seit knapp sechs Monaten warten, uns seine Audienz in den kommenden drei Wochen in Aussicht stellt. Oder aber, die Schwiegermutter hat sich ein Bein gebrochen, liegt jetzt zwei Wochen lang im Krankenhaus mit anschließender Reha und kann, so schmerzlich das auch für uns ist, sich nicht für ihren alljährlichen Sommerurlaub bei uns einnisten.

Diese und andere erfreuliche Ereignisse sind es, die uns froh stimmen und glücklich machen. Und bei denen wir uns fühlen wie gerade mal 45. Auch wenn es inzwischen schwer fällt, sich daran zu erinnern, wie man sich eigentlich mit 45 gefühlt hat. Aber egal. Wichtig ist, dass es diese Tage gibt. Tage, an denen wir dann doch daran glauben, gerade die beste Zeit unseres Lebens zu erleben. Oder, wie in diesem Brief behauptet wurde, ein Best Ager zu sein. Lassen Sie uns deshalb diese Zeit nach besten Kräften genießen. Denn alt, soviel ist mal mehr als sicher, alt werden wir noch früh genug.

■ ■ ■

Dabeisein ist alles

„*Deep Purple* kommt auf Abschiedstour, da sollten wir doch dabei sein. Oder was meint ihr?"

Ja, was meinten wir? Wir, das waren meine Freunde Walter, Reiner und ich. Und unser gemeinsamer Kumpel Joe, von dem der Vorschlag kam und der jetzt auf eine Antwort wartete.

Nun trifft man in unserem Alter solche Entscheidungen nicht mehr so spontan. Sollten wir? Oder doch besser nicht?

„Ja, doch, wir sollten unbedingt … äh, mal darüber nachdenken." Sagte Walter, und er sagte es eher zögerlich. Das hätte vor 40 Jahren noch ganz anders geklungen. Aber ganz anders, soviel war mal klar. Da hätten wir die Tickets schon in der Tasche gehabt, ohne dass einer die Frage danach überhaupt gestellt hätte.

Jedenfalls dachten wir dann gemeinsam über das Thema nach, wogen gründlich ab und ließen dabei keinen Aspekt aus. Und nach mehreren Pilsrunden kamen wir zu dem Entschluss: Warum eigentlich nicht? Schließlich war es die letzte Chance, die Herrschaften noch einmal live zu erleben. Und außerdem: Die Herren Hartmetaller waren zum Teil älter als wir, und wenn die sich noch auf die Bühne trauten, warum sollten wir es dann nicht wenigstens bis in die Halle schaffen?

Wobei sich das erste Dilemma schon beim Kartenkauf ergab: Stehplatz oder Sitzplatz? Auch das wäre vor 40 Jahren überhaupt kein Thema gewesen. Getreu dem Motto, dass Sitzen definitiv fürn Arsch ist, hätten wir selbstverständlich gestanden, und zwar direkt mitten vor der Bühne. Da, wo die Musik am lautesten ist und die Fans am beklopptesten sind. Aber die Zeit hatte nicht nur das Haar schütter sondern auch die Knochen morscher werden lassen. Und so setzten sich, nachdem die Meinungen anfänglich noch fifty-fifty waren, am Ende doch die Sitzplatzbefürworter durch. Denn zwei Stunden am Stück stehen mit Rücken und Arthrose im Knie, das muss der Rentner nun wirklich nicht mehr haben. Und wenn uns zwischendurch mal die Ekstase überkommen sollte, könnten wir immer noch beherzt aufspringen wir Kai aus der Kiste. Überhaupt kein Problem.

Nachdem das nun geklärt, die Tickets besorgt und der Termin im Kalender eingetragen war, konnten wir ans Feintuning gehen. Erste Frage: Was zieht man an? Normalerweise ging kein Weg an der alten Lederjacke und den T-Shirts der *Iron Maiden*-Tour von 1982 vorbei. Wäre da nicht die Gewichtszunahme der vergangenen Jahrzehnte zu berücksichtigen und die Tatsache, dass die Klamotten seit einer gefühlten Ewigkeit das Dunkel des Kleiderschrankes nicht verlassen hatten. Also rausholen, auslüften, anprobieren, Zweifel kriegen, Bauch einziehen und am Ende das Spannungsgefühl ignorieren, aufs Übergewicht pfeifen und die Auswahl als beendet erklären. Damit war das schon mal in trockenen Tüchern.

Jetzt galt es, die notwendigen Accessoires zusammenzustellen, ohne die wir unser Rock'n'Roll-Adventure auf keinen Fall angehen konnten. Und was kam dabei ganz oben auf die Liste? Selbstverständlich Ohropax. Es war ja nun wirklich nicht nötig, ohne Not einen Hörsturz zu riskieren. Ebenfalls unverzichtbar: Gepolsterte Sitzkissen. Gut, dass wir Selbiges vom Besuch des Fußballstadions im heimischen Bestand haben. Dann selbstverständlich Basecap oder ein Piratentuch, um die Pläte unter dem kleidsamen Textil geschickt verbergen zu können. Damit könnte man dann sogar erwägen, sich bei *Highway Star* dem ausgiebigen Headbanging hinzugeben. Auch wenn die Matte nicht mehr wie früher fliegen kann, weil halt keine mehr vorhanden ist.

Und für den Fall, dass das wilde Schädelwackeln am Ende zu unliebsamen Nebenwirkungen führen sollte, sprich: steifer Nacken oder gezerrte Schultermuskulatur, konnte es sicher nicht schaden, ein wärmendes ABC-Pflaster als Soforthilfe dabei zu haben. Also wurde auch das unserem Marschgepäck hinzugefügt. Und schließlich, so dachten wir übereinstimmend, sollte ein ausreichendes Quantum Magenpillen zum kurzfristigen Einsatz bei übermäßigem Alkoholgenuss nicht fehlen. Genau so wenig wie ein Feuerzeug, das bei *Child in Time* diese unvergleichliche Atmosphäre erzeugt, die dieser Song nun mal ganz einfach braucht. Dafür die Taschenlampenfunktion unserer Handys zu nehmen, war total uncool und kam für uns definitiv nicht in die Tüte.

Nachdem diese Vorkehrungen erfolgreich in die Tat umgesetzt waren, fühlten wir uns ausreichend gewappnet, das Unternehmen Heavy Metal-Konzert voller Vorfreude in Angriff zu nehmen.

Und, liebe Freunde, was soll ich sagen? Es war ein gigantisches Erlebnis! Eine Stimmung wie einst auf der Berliner Fanmeile bei Götzes legendären 1:0 im WM-Endspiel. Und das, obwohl wohlwollend geschätzt rund 90 Prozent des Publikums die Altersrentengrenze zumindest rein optisch bereits überschritten hatte.

Nun kann ich ja nicht für jeden Einzelnen dieser Rockrentner sprechen, aber was meine Kumpels und mich betrifft, da gab es keinerlei Zweifel: Vier alte Säcke wankten nach den zwei Stunden Dauerbeschallung mit diesem erhebenden Gefühl nach Haus, die fünf noch älteren Säcke auf der Bühne hätten einzig und allein für sie gespielt. In diesem Moment hatten wir eine ungefähre Ahnung davon, wie es sich im 7. Himmel anfühlen muss, und wir hätten allesamt einen Wald voller Bäume ausreißen können.

Allerdings wollte sich genau dieses Gefühl am nächsten Morgen aus unerfindlichen Gründen irgendwie nicht wieder einstellen. Im Gegenteil, wir fühlten uns durch die Bank, als hätten wir tags zuvor einen 50-Kilometer-Orientierungsmarsch mit vollem Sturmgepäck absolviert. Quälende Kreuzschmerzen, lahme Beine, Brummschädel wie nach drei Litern pro Nase konsumierten Chateau Migraine. Dazu ein Fiepen auf den Ohren wie von Millionen Trillerpfeifen, das erst nach drei Tagen so langsam an Intensität einbüßte. Nicht zu vergessen die nach Schweiß und Qualm stinkenden Klamotten und die von übermäßigem Bierkonsum verursachten Magen- und Darmbeschwerden.

Das hatten auch die mitgeführten Pillen nicht verhindern können, deren Einnahme wir im Überschwang der Begeisterung ganz einfach vergessen hatten.

So wird es Sie sicher nicht übermäßig verblüffen, dass in uns im Laufe der kommenden Tage die Überlegung reifte, künftig vielleicht besser Konzerte von *Reinhard Mey* oder *Hannes Wader* auf unsere To-Do-Liste zu setzen. Die Altersklasse wäre dieselbe, die Performance zweifellos gesitteter und die Folgen anschließend weitaus erträglicher. Doch bevor diese Überlegungen unwiderruflich Macht über unser Handeln gewinnen konnten, überraschte uns der gute Joe erneut mit einer Ansage, die wie Gänseschmalz in unseren Ohren klang: „Die *Scorpions* gehen auf Abschiedstournee. Was meint ihr, sollten wir da nicht dabei sein?"

Die Antwort fiel allen guten Vorsätzen zum Trotz einstimmig aus: Natürlich wollten wir! Irgendwie mussten wir sogar. Denn wie heißt es so schön: Einmal Rock'n'Roller, immer Rock'n'Roller! Da ändern auch Schmerzen im Kreuz, pfeifende Ohren und stinkende Klamotten nichts dran. Und mal ganz unter uns: Im Grunde wollen wir es doch auch gar nicht anders. Es gibt eben nichts Schöneres auf dieser Welt!

■ ■ ■

Ja, da war ja mal Haar da

Dass die Menschheit immer älter wird, ist ja nun beileibe kein Geheimnis. Und wer wie ich die Altersrentengrenze bereits seit einiger Zeit überschritten hat, ist ohne Zweifel nicht unfroh über diese Entwicklung. Nährt sie in Unsereinem doch die Hoffnung, noch ein paar zusätzliche Jährchen auf Gottes schöner Erde verbringen zu können. Wobei man natürlich auch leidvoll konstatieren muss, dass das fortschreitende Alter an der äußeren Hülle mehr als deutlich abzulesen ist. Und das wird von Jahr zu Jahr immer schlimmer.

Zumindest wenn man nicht gewillt ist, diesem natürlichen Alterungsprozess mit renovierenden Mittelchen und Maßnahmen Einhalt zu gebieten. Die diesbezüglichen Angebote der pharmazeutischen Industrie und die Gilde der Schönheitschirurgen halten ja inzwischen Lösungen selbst für hartgesottenste Fälle parat. Mit diesen kann man mit 90 noch so glatt im Gesicht aussehen, wie beim Eintritt in die Volljährigkeit. Vorausgesetzt, man hat kein Problem damit, nach vollzogener Restaurierung Ähnlichkeit mit einer Schwimmente kurz vor dem Platzen zu haben.

Und weil das nicht nur für mich sondern viele andere meiner Altersgenossen keine wirkliche Alternative darstellt, altern wir lieber in Würde. Zumindest, was die Schützengräben in unserem Gesicht betrifft. Immerhin hat jede Falte ihre Geschichte und wurde unter intensivem körperlichem Einsatz hart erarbeitet.

Damit könnte man das Thema eigentlich abhaken und zu den Akten legen. Wäre da nicht eine Körperregion, die wir dennoch eher kritisch betrachten, was den fortschreitenden Alterungsprozess betrifft. Um nun mal endlich auf den Punkt zu kommen: Ich spreche hier von der ultimativen Zierde eines Mannes, nämlich eine prächtig gewachsene Mähne, die einem schottischen Hochlandrind zur Ehre gereichen würde. Also das, was man gemeinhin profan als „Haare" bezeichnet.

Nun weiß ich aus eigener Erfahrung, dass das eine ausgesprochen komplexe Angelegenheit ist, der man nicht mal so eben mit ein paar dürren Sätzen beikommt. Also dann – packen wir's an.

Das ganze Dilemma offenbart sich ja schon mal darin, dass es Senioren gibt, die selbst im hohen Alter noch mit einer opulenten Haartracht gesegnet sind. Okay, das einstmals vorherrschende Blond, Braun oder Schwarz ist zumeist einem kräftigen Grau oder strahlendem Weiß gewichen, aber man kann schließlich nicht alles haben. Außer, man heißt *Gerhard Schröder* oder *Jogi Löw*, die immer noch über tief dunkle Skalps verfügen, die eigener Beteuerung zufolge noch nie im Leben mit einem Färbemittel Bekanntschaft gemacht haben. Kann man glauben, muss man aber nicht!

Aber sei's drum, Matte ist Matte, da kann man, wenn man nicht zu dieser gesegneten Spezies gehört, einfach nur neidisch werden. Darum wollen wir uns nicht länger mit diesen vom Schicksal bevorzugten Zeitgenossen aufhalten, sondern uns lieber den gebeutelten Herrschaften zuwenden, bei denen irgendein verfluchter Haarfraßvirus in den vergangenen Jahren und Jahrzehnten ganze Arbeit geleistet hat. Zumal ich mich hier auch persönlich auf vertrautem Terrain befinde. Gehöre ich doch auch zu dieser Kaste, für die „oben ohne" oder zumindest „so gut wie ohne" zu einer bedrückenden Selbstverständlichkeit geworden ist.

Und das nicht etwa erst, seit ich mich im Status *60 plus* befinde. Da rechnet man ja durchaus mit solchen körperlichen Fehlentwicklungen. Aber bei mir fing das ja schon im zarten Alter von knapp 30 Jahren an. Als der entlarvende Super 8-Urlaubsfilm meine rückwärtige Kopfpartie formatfüllend auf der Heimkino-Leinwand zum Besten gab, hat mich der Schock meines Lebens ereilt. Auch wenn die kahle Stelle da noch in etwa die Größe eines früheren 5 DM-Stückes hatte, zeigte sich doch unübersehbar der Beginn einer komfortablen Pläte.

Den nächsten Tiefschlag versetzte mir unsere Tochter, die im zarten Alter von drei Jahren an meinem Schnäuzer fummelte und die Frage stellte, was es damit auf sich habe. Und auf die Antwort, dass es sich hier um Haare handele, auf mein schütter werdendes Haupthaar wies und mit entwaffnender Naivität feststellte: „Papa, Haare lieber da haben!" Ich sag Ihnen, sowas tut schon verdammt weh.

Und wie das so ist, im Laufe der Jahre nahm das Drama dann ungehindert seinen Lauf. Da hat man als Betroffener genau zwei Möglichkeiten: Entweder das Ganze tapfer zu akzeptieren und darauf zu vertrauen, dass es auch ein Leben nach dem Super-GAU geben wird. Oder verzweifelt nach Lösungen zu suchen, um der unheilvollen Entwicklung Einhalt zu gebieten.

Aber was hilft denn nun wirksam in dieser misslichen Situation? Wenn es das eine ultimative Allheilmittel wirklich gäbe, würden es dann nicht alle anwenden und hätten das Problem damit elegant aus der Welt geschafft? Wäre dann nicht die Zeit der Haarkränze und polierten Bowlingkugeln ein für alle Mal passé? Weil dem aber nun mal nicht so ist, bleibt uns nur ein Blick auf das übliche Instrumentarium gängiger Angebote.

Eine Möglichkeit wären zum Beispiel Komplettperücken oder, für die leichteren Fälle, der beliebte Fiffi, gemeinhin auch als Toupet bekannt. Obwohl, das ist ja nun wirklich nicht jedermanns Sache, sowas muss man mögen. Und ehrlich gesagt, die meisten mögen es nicht. Ich für meinen Teil mache da keine Ausnahme. Was bedeutet, wir müssen weitersuchen.

Und werden fündig bei Haartransplantationen. Haben ja schon viele gemacht. Elton John zum Beispiel, oder Kloppo oder dieser Diskuswerfer, der, wenn er gewinnt, immer sein Hemd zerreißt. Warum er das macht? Fragen Sie mich nicht. Aber das soll uns an dieser Stelle auch nicht weiter interessieren. Jedenfalls ist das Verpflanzen von Haar eine zwar mögliche aber auch aufwändige und teure Alternative. Fiel aus diesem Grunde ebenfalls definitiv aus, zumal zu diesem Zeitpunkt sowohl die Pläte als auch die finanziellen Mittel der noch jungen Familie ziemlich überschaubar waren.

Nun hatte ich gelesen, dass auch die Einnahme von Hormonen durchaus für ein gewisses Erfolgserlebnis sorgen könne. Weibliche zum Beispiel, denn die Damenwelt hat ja mit dem Phänomen des Haarverlustes in der Regel eher weniger was am Hut. Tragische Einzelfälle hier mal außer Acht gelassen. Doch selbst wenn man damit das Wachstum der Matte tatsächlich positiv sollte beeinflussen können, so ist diese Methode beileibe nicht frei von Risiken und Nebenwirkungen. Denn wenn neben dem Haarschopf auch noch die Oberweite anfängt zu wachsen, ist aber mal ganz schnell Ende im Gelände. Schließlich weiß keiner, wie sich die Dinge anschließend weiter entwickeln und wann man vor der Frage steht, ob eine Geschlechtsumwandlung nicht die nahe liegende und logische Konsequenz wäre.

Somit blieb mir am Ende nur noch der Erwerb von in der Apotheke frei erwerbbaren Mittelchen. Zum Einnehmen, zum Einreiben, zum Besprühen oder weiß der Deubel noch was. Doch bevor ich daran ging, als geplagter Vollglatzenanwärter dafür Haus und Hof zu verjubeln, denn billig ist das Zeug durch die Bank nicht, habe ich in weiser Voraussicht erfahrene Verwender dieser Drogen zu deren Nutzen befragt. Um es kurz zu machen: Das Ergebnis war ernüchternd. Danach schied auch diese Option aus.

So langsam reifte in mir die Erkenntnis, dass sich die Dinge kaum aufhalten lassen. Was umso ärgerlicher war, als doch ein verstärktes Haarwachstum an Stellen einsetzte, an denen man es nicht wirklich braucht. Denn mal ehrlich, wie sollen Ersatzfelle in Ohr und Nase eine ernsthafte Alternative zu üppig wucherndem Haupthaar sein? Sowas braucht definitiv kein Mensch. Das ist genauso überflüssig wie ein Pickel am Allerwertesten. Half mir also nicht die Bohne weiter.

Außer, dass mir irgendwann klar wurde, dass dieser verzweifelte Kampf nur einer gegen Windmühlenflügel ist. Dass es am Ende das Beste ist, sich in sein Schicksal zu fügen und dem Ganzen vielleicht sogar noch etwas Positives abzugewinnen. Bei der täglichen Haarpflege zum Beispiel, deren Aufwand sich schließlich auf ein Minimum reduziert.

Und mal ganz unter uns: Es soll ja auf dieser Welt nicht wenige Damen geben, die es durchaus sexy finden, wenn das Knie deutlich sichtbar durch die Schädeldecke stößt.

Fragen Sie mal einen *Bruce Willis*, diesen furchtlosen *Stirb langsam*-Bullen. Oder *Dwayne „The Rock" Johnson*, der mal Catcher war und inzwischen als bestbezahlter Schauspieler der Welt sein Unwesen treibt. Erfolgreiche und beliebte Kerle, bei denen die fehlende Haarpracht absolut kein Problem darstellt.

Mit diesem Wissen fällt es einem leicht, den dummen Anmachspruch „Ja, da war ja mal Haar da!" mit einem lässigen Grinsen zu ignorieren und sich an dem Gedanken zu erfreuen, dass die hohe Denkerstirn, die ja schließlich eine ausgeprägte Intelligenz verheißen soll, in absehbarer Zeit bis in den Nacken reichen wird. Ja, es könnte sogar sein, dass man ein wenig übermütig wird und überlegt, dass es nicht zu viel verlangt ist, nach Musicals wie *Hair* oder *Hairspray* endlich eins mit dem Titel *Hairless* auf die Bühnen dieser Welt zu bringen. Gleichsam als Huldigung und Hymne für alle Männer mit haarigen Defiziten. Das Stück, da bin ich mir sicher, dürfte ein absoluter Renner werden. Achten Sie mal drauf.

■ ■ ■

Haare machen Leute

Neulich habe ich in einer Illustrierten gelesen, dass Frauen bei der Wahl ihrer Frisur nicht vorsichtig genug sein können. Weil die Form der Haartracht angeblich elementare Rückschlüsse auf die weibliche Persönlichkeit zulasse. Immerhin haben das Wissenschaftler der berühmten Elite-Universität Yale herausgefunden. Ich wundere mich zwar immer wieder, worüber sich die Akademiker-Gilde so alles den Kopf zerbricht. Andrerseits, bei so viel geballter Experten-Kompetenz wird an diesen Ergebnissen sicher auch was dran sein.

So weiß ich jetzt, dass auf den Betrachter kurze und zerzauste Haare selbstbewusst, aufgeschlossen, kontaktfreudig und zielstrebig wirken. Da schau mal einer an. Ist das Haar dagegen mittellang und lässig, halten wir die Damen mit entsprechender Frisur für intelligent, freundlich, zuvorkommend und unbekümmert. Wohingegen lang und glatt in erster Linie für sexy und wohlhabend steht. Eine Information, die zweifellos für bestimmte Personenkreise von nicht zu unterschätzendem Interesse sein könnte. Heiratsschwindler zum Beispiel oder parshipende Singles, die soeben auf der Suche nach der Liebe ihres Lebens sind.

Obwohl, genau hier liegt nach meiner Überzeugung der Hase im Pfeffer. Denn die holde Weiblichkeit ist ja schließlich auch nicht blöd, kann lesen und sich somit diese erhellenden Erkenntnisse der Forschung ebenfalls zunutze machen. Will sagen, sie könnten sich ganz bewusst einen Putz zulegen, der etwas vorgaukelt, was im Grunde überhaupt nicht vorhanden ist. Was dann zur Folge hätte, dass sich bei näherer Bekanntschaft das angeblich so taffe und aufgeschlossene Energiebündel eher als betulich naives Hausmütterchen entpuppt. Sowas würde ja zweifellos so mancher Täuschung und daraus resultierender Enttäuschung Tür und Tor öffnen.

So bin ich denn zu der Überzeugung gelangt, dass man bei der Einschätzung weiblicher Wesensmerkmale und einer sich daraus ergebenden möglichen Partnerwahl doch andere Kriterien zugrunde legen sollte, als ausgerechnet Sitz und Zustand der Kopfbehaarung. Zumal ich aus eigener Erfahrung weiß, dass a) üppiger Haarwuchs total überbewertet wird und man b) definitiv nicht alles glauben muss, was man uns im Laufe unseres Lebens weismachen will. Selbst wennet vonne Uni kommt!

Es lebe der Fortschritt

Wie wir alle wissen, ist der technische Fortschritt durch nichts und niemanden aufzuhalten. Beispiele dafür gibt es reichlich. Handys, die über Satellit im trauten Heim das Licht und die Heizung einschalten, auch wenn man sich gerade in Nordamerika oder auf den Kleinen Antillen befindet. Roboter, die im OP den Chefarzt überflüssig machen und die zwickende Gallenblase vollautomatisch entfernen. Feuerwehrleute, die sich mithilfe von Raketen-Rucksäcken zum brennenden Dachstuhl emporbeamen. Bürostühle, die über eine eingebaute Lüftung verfügen. Und auch Autos, die von ganz allein fahren sollen, und in denen man während der Fahrt ganz gemütlich ein Buch schmökern oder eine Kiste Bier niedermachen kann. Und trotzdem genau da ankommt, wo man hin will. Behaupten jedenfalls die Herren Autoverkäufer. Nun ja, erzählen können die viel, wenn der Tag lang ist.

Aber Sie sehen schon anhand dieser kleinen Auswahl, dass es heutzutage Dinge gibt, von denen die Menschheit vor zehn Jahren nicht mal träumen konnte. Die einem derart abenteuerlich vorkommen, dass man sie kaum für möglich hält. Die aber, so wird immer wieder behauptet, unser aller Leben besser, einfacher und unkomplizierter machen sollen. Vielleicht sogar auch werden. Wer weiß das schon so genau.

Was mich persönlich betrifft, müsste ich die meisten dieser epochalen Erfindungen nicht unbedingt haben. Okay, über so einen Stuhl mit Lüftung könnte man bei 40 Grad Außentemperatur sicher mal nachdenken. Aber mein Auto fahre ich lieber noch selbst und sauf die Kiste Bier anschließend zu Hause. Und operieren tu ich ja auch nicht.

Außer vielleicht ein Brathähnchen. Aber dafür brauche ich nun wirklich keinen Roboter.

Wenn man mich mal fragen täte, was natürlich mal wieder kein Mensch macht, dann hätte ich 'ne Menge anderer Themenfelder, auf denen sich die Ingenieure und Konstrukteure dieser Welt kräftig austoben könnten. Um etwas zu erfinden, das geeignet ist, unseren anstrengenden Alltag leichter und lebenswerter zu machen. Indem es Kreuz und Gelenke schont und einem außerdem viel Mühe und Frust ersparte.

Allein, wenn ich ans Renovieren denke, da fallen mir spontan Dutzende von Dingen und Gegenständen ein, die durch ein entsprechendes erfinderisches Update zum Segen für die Menschheit werden könnten. Also, zumindest für mich. Andere mögen einer solchen Hilfe vielleicht nicht bedürfen. Ich meine, es gibt sie ja massenhaft, diese heimwerkenden Alleskönner, die mal übers Wochenende eine komplette Heizungsanlage für ein 3-Familien-Haus installieren. Die dann auch tatsächlich noch funktioniert. Da könnte unsereiner aber sowas von neidisch drauf werden.

Und um mir diesen Neid nun zu ersparen, wäre ich an einer, sagen wir mal, kleinen Modifizierung meiner Werkzeugkiste äußerst interessiert. Nehmen wir zum Beispiel mal die Bohrmaschine. Wäre es nicht ein Segen, wenn die auf Knopfdruck sechs gleichmäßige Löcher in der passenden Tiefe an der richtigen Stelle der Wand bohren könnte? Ich müsste nur noch die Dübel in die Löcher drücken und anschließend den Einschraubroboter aktivieren, und schon hinge das Regal wie hingegossen millimetergenau im Wohnzimmer.

Oder nehmen wir mal an, wir wollen die Bude streichen. Wäre es da nicht die Wucht in Tüten, wenn endlich jemand Farbroller und Pinsel auf den Markt brächte, die sich auf Kommando von selbst in die Farbe eintauchen, um sowohl Wand als auch Decke ohne zu kleckern und vollkommen gleichmäßig zu bepinseln? Ohne vorher rollenweise Malerkrepp verkleben und Quadratmeter von dieser hauchdünnen Plastikfolie verlegen zu müssen, die am Ende doch genau da nicht abdeckt, wo man den dicksten Placken Farbe hat hinfallen lassen. Auswaschen sollten sich die Teile selbstverständlich auch von selbst, damit die Klamotten endlich man sauber bleiben. Malerherz, was solltest du dir mehr wünschen wollen?

Von ganz besonderer Bedeutung in Sachen handwerklicher Fortschritt wäre allerdings ohne Zweifel das weite Feld der Gartenarbeit. Vollautomatisch Bäume ausschneiden zum Beispiel. Selbst in zehn Metern Höhe, ganz ohne wackelnde Leiter und Krämpfe im Bizeps. Die Säge nach getaner Arbeit natürlich selbstgereinigt, geölt und in den Koffer verpackt.

Absolute Brüller wären selbstverständlich der selbst umgrabende Spaten, die selbstharkende Harke und die selbstschneidende Heckenschere. Das Resultat wären ein perfekt gepflegter Garten, unversehrte Knochen und ein gepflegtes Feierabendbierchen schon am frühen Nachmittag, wenn die Nachbarn sich noch schweißgebadet an der Parzelle abmühen. Was für paradiesische Aussichten.

Und so gäbe es noch zahllose Beispiele und Einsatzgebiete, in denen Erfindergeist wahre Wunder vollbringen könnte. Ich kann das an dieser Stelle gar nicht alles aufzählen, aber für Küche, Garage oder Muckibude würde mir schon noch das eine oder andere einfallen. Jedenfalls sollten sich die Superhirne dieser Welt mal darum kümmern statt um fahrerlose Kleinbusse. Ich bin überzeugt, der Dank der Menschheit wäre ihnen gewiss.

■ ■ ■

Nichts als ein Haufen Schrott

Weil mein bisheriger fahrbarer Untersatz seine beste Zeit definitiv hinter sich hatte und den nächsten TÜV kaum überlebt hätte, kam ich nicht umhin, in ein neues Fahrzeug zu investieren. Also begab ich mich auf Autosuche, getrieben von der Hoffnung, ich möge auf ein Angebot stoßen, das sowohl meinen Vorstellungen nach einem adäquaten Fortbewegungsmittel als auch meinen finanziellen Möglichkeiten entsprach. Nun weiß unsereiner aus Erfahrung, dass so etwas schon eine langwierige und zähe Angelegenheit werden kann. Umso erfreuter war ich, als ich schon am ersten Tag meiner Suchaktivitäten auf ein Gefährt stieß, das spontan mein Autofahrerherz eroberte.

Es war soeben erst beim Händler in Zahlung gegeben worden, keine zwei Jahre alt, nur wenig gefahren und mit einer Ausstattung gesegnet, die keine Wünsche offen ließ. Und als ich schon befürchtete, dieses erfreuliche Gesamtpaket würde mein Budget womöglich sprengen, da nannte mir der smarte Verkäufer einen Preis, der mir beinahe die Freudentränen in die Augen trieb. Dazu bot er an, mein in die Jahre gekommenes Möhrchen gleich da zu behalten. Und dafür sogar noch einen Tausender auf den Tisch des Autohaueses zu legen. Dazu Nein zu sagen, wäre purer Ignoranz gleich gekommen. Also habe ich voller Überzeugung zugeschlagen, überzeugt davon, den Schnapp meines Lebens gemacht zu haben.

Aber wie wir alle wissen, ist da, wo Licht ist, leider allzu oft auch jede Menge Schatten. Was allerdings zum Glück erstmal nicht auf meine Neuerwerbung zutraf. Das Teil schnurrte über die Straßen wie eine Eins, der Spritverbrauch erwies sich als erfreulich moderat, und all die kleinen Extras funktionierten einwandfrei. Ich war geradezu euphorisch und beschloss in diesem Zustand, das Gefährt voller Stolz meinem Cousin Hannes zu präsentieren, den ich längere Zeit nicht mehr zu Gesicht bekommen hatte.

Nun muss man wissen, dass mein etwa gleichaltriger Cousin ein absoluter Kenner all dessen ist, was durch einen Motor angetrieben wird. Ob es sich dabei um einen Rasenmäher handelt, um Kettensägen, Bohrmaschinen oder Mopeds. Und erst recht selbstredend bei Kraftfahrzeugen auf vier Rädern. Da ist er ein absoluter Experte vor dem Herrn, dem so schnell keiner was vormacht. Nicht mal der Meister seiner KFZ-Werkstatt. Ob Sie's glauben oder nicht, aber wenn der Hannes da mit seinem Vehikel auftaucht, nimmt der Mann voller Panik Reißaus, um nicht bei den stets endlosen Diskussionen regelmäßig den Kürzeren zu ziehen. Warum mein Vetter nicht selbst seine berufliche Erfüllung im KFZ-Gewerbe gefunden hat, ist mir seit jeher schleierhaft.

Aber egal, darum ging es ja nicht. Sondern vielmehr darum, diesen Guru und Scharfrichter in einem mit meinem Erwerb angemessen zu beeindrucken. Und so begaben wir uns nach einem lauwarmen Tässchen Kaffee gemeinsam nach draußen, um das gute Stück, dem ich zuvor selbstverständlich noch einen Trip durch die Waschstraße gegönnt hatte, in Augenschein zu nehmen. Nun kenne ich Hannes gut genug, um nicht unbedingt zu erwarten, dass er auf der Stelle in Freudenschreie ausbrechen würde. Ein paar Worte des Wohlwollens hätten mir schon genügt. Was aber nun passierte, trieb mir dann doch umgehend und ohne Vorwarnung tiefste Schamesröte ins Gesicht.

Die Feststellung „Aha, ein Franzose" war noch das Freundlichste, zu dem er sich durchringen konnte. Anschließend erklärte er mir schonungs- und gnadenlos, dass ich offenbar das schlechteste Auto der Welt gekauft hatte. Miese Verarbeitung, schlechte Ausstattung, billigstes Material, schneller Verschleiß. Kurzum, ein absoluter Haufen Schrott auf vier Rädern.

Ich war am Boden zerstört. Wie konnte das passieren? Warum musste ausgerechnet ich derart in die Exkremente greifen? Warum ich, während alle anderen mal wieder in ihren Traumautos unterwegs waren.

Doch gerade, als sich in mir die totale Verzweiflung breitzumachen begann, erschien Licht am Horizont. Denn Experte Hannes legte ungerührt nach.

„Egal, was du auch kaufst, es wird doch nur noch Mist produziert. Dünnes Blech, billiges Plastik, und auch der Rest nur schäbiges Material. Zusammengeschraubt von unfähigen Monteuren, die allesamt ihren Beruf verfehlt haben. Was da heutzutage als Auto auf den Markt kommt, hat den Namen nicht verdient. Da kannst du nehmen, was du willst. Italiener, Deutsche oder auch die Ami-Schlitten. Taugt alles nix."

„Ja, aber es gibt doch immerhin diese Nobelmarken", wagte ich einzuwerfen. „Aus dem Premium-Segment. Also, ich meine, BMW oder Mercedes …"

„Papperlapapp. Bist du so naiv oder tust du nur so? Guck dir doch mal so'n Daimler an. Fängt nach vier Jahren an zu rosten und klappert an allen Ecken und Enden."

„Aber wenn da so ist, was kann man dann heute noch ruhigen Gewissens kaufen?" fragte ich ratlos.

„Heute gar nix mehr. Da gehste besser zu Fuß."

„Aber du fährst doch auch …"

„Ja, aber mein Japaner ist 20 Jahre alt, das ist noch Qualität, mein Lieber. Sowas kannste nicht mehr kaufen. Nur 1A-Material verbaut, da rostet nichts und da klappert auch nichts. Denn zusammengebaut wurde das seinerzeit von Meistern ihres Faches, die sich nur mit weißen Handschuhen und voller Herz und Hingabe dem Werkstück genähert haben. Das hält ewig, den fahr ich so lange, bis ich in die ewigen Jagdgründe eingehe, da kannste einen drauf lassen. Dagegen sind die Karren von heute allesamt reif für die Müllkippe. Und zwar sobald sie das Montageband verlassen haben."

So war das also. Jetzt wusste ich immerhin Bescheid. Doch statt nun vollends der Depression anheimzufallen, war ich eher einigermaßen erleichtert. Ja, irgendwie war ich sogar hoch erfreut. Denn immerhin wusste ich mich doch in bester Gesellschaft. Umgeben von Millionen Idioten, so wie ich ja auch einer bin. Die sich ebenfalls eine Schrottkarre haben andrehen lassen, die in absehbarer Zeit unweigerlich ihren Geist aufgeben wird. Damit konnte ich gut leben. Denn zusammen ist man, wie jedes Kind weiß, nun mal definitiv stärker. Und geteiltes Leid ist schließlich immer noch halbes Leid.

Völlig tiefenentspannt trat ich meine Heimfahrt an. Ich würde weiterhin mein neues Auto genießen und nahm mir vor, Cousin Hannes frühestens in fünf Jahren wieder zu besuchen. Und zwar mit meinem kleinen, spritzigen Franzosen. Von dem ich überzeugt bin, dass er mich auch künftig zuverlässig und ohne Probleme von A nach B bringen wird. Auf sein blödes Gesicht freue ich mich schon heute.

■ ■ ■

Hajo macht das schon

Neulich war bei uns von jetzt auf gleich tote Hose am Telefon und Laptop. Soll heißen: Keine Gespräche mehr übers Festnetz und kein Internet. Okay, Handy ging noch. Und da gibt es fürs Internet ja immerhin statt W-LAN noch die mobilen Daten. Aber mal ehrlich, alles auf dem kleinen Bildschirm angucken und mit den kleinen Tasten, die ja nicht mal mehr Tasten sind, was eintippen, ist auf die Dauer extrem nervig. Schließlich sind meine Augen auch nicht mehr die besten. Außerdem haben wir einen Vertrag mit einem führenden Telekommunikationsunternehmen und zahlen dafür Geld. Also hat das alles auch zu funktionieren.

Nun verfügen diese Firmen ja allesamt über mehr oder weniger versiertes Fachpersonal, zu dem man sich über eine sogenannte Hotline Zugang verschaffen kann. Doch wie dahin kommen ohne Telefon? Da war es dann doch ganz gut, dass wir noch das Handy hatten.

Und so habe ich voller Zuversicht und jeder Menge guter Hoffnung die angegebene Nummer gewählt, auf dass ich umgehend einen Problemlöser an die Strippe bekäme, der mein Problem dann auch umgehend lösen möge. Aber so einfach ist das nicht, da könnte ja jeder kommen, denn erstmal fordert man mich auf, meine Telefonnummer einzugeben, dazu meine Super-Pin und diverse Zahlen zwischen 1 und 9, je nachdem, ob ich einen Vertrag abschließen möchte, mein Konto abchecken, eine Zusatzleistung buchen oder wer weiß was von der Firma will. Ganz am Ende fragt man mich doch tatsächlich, ob ich eine Störung melden wolle. Jipiiieh, genau das, was ich brauchte. Jetzt aber …

Ja, von wegen. Jetzt erklärt mir erstmal eine Stimme, die James Bond oder irgendeinem anderen dieser smarten Ermittler gehören könnte, dass aktuell alle Mitarbeiter in einem Gespräch seien, der nächste freie aber garantiert für mich reserviert sei. Ich möge doch bitte noch etwas Geduld haben.

Ja, nun, man ist schließlich Mensch, da hat man ja für alles Verständnis. Nach einer Viertelstunde ist mein Verständnis-Vorrat allerdings bereits gewaltig aufgebraucht. Zumal die ganze Zeit über eine mehr als nervtötende Musik meine Trommelfelle malträtiert, die sich alle zehn Sekunden zu wiederholen scheint. Doch dann, als ich soeben entnervt die Verbindung kappen will, meldet sich frohgemut und heiter ein junger Mann mit deutlich sächsischem Akzent. Der sagt mir, dass er der Hajo wäre und fragt dann, was er für mich tun könne. Und ob ich mit seiner Firma denn grundsätzlich zufrieden sei.

„Ja, schon", sage ich ihm, „aber gerade in diesem Moment eher nicht. Schließlich funktioniert aktuell überhaupt nix, außer meinem Handy." Und das hätt ich nicht von seinem Laden.

„Kein Problem", sagt er, und wie ich meines denn nun definitiv beschreiben würde. „Na ja", sage ich, „was soll ich sagen? Es läuft halt nix. Leitung tot, kein Telefon, kein Internet, kein gar nix. Schicht am Schacht. Tutto finito."

„Das haben wir gleich", ist er überzeugt. „Ich schau mir mal Ihren Anschluss an." Drei Minuten später ist er in heller Aufregung, weil er festgestellt hat, dass da ja wirklich gar nichts mehr in Ordnung ist. Da müsse er jetzt aber mal umgehend ein Reset machen. Ob ich denn meine DSL-Referenzkennung zur Hand hätte.

„Äh, die was?"

„Gucken Sie mal in die Unterlagen, die wir Ihnen bei Vertragsabschluss geschickt haben. Da steht die drin."

„Ja sicher, gerne. Wenn ich nur wüsste, wo, verdammich nochmal, ich den Pröttel denn jetzt hingepackt habe? „

„Nun suchen Sie erstmal in Ruhe, und ich rufe Sie zurück."

Ob eine halbe Stunde reiche?

„Ja, ja", sage ich, „das sollte wohl reichen." Und realisiere bei der Gelegenheit, dass ich ja schon seit fast einer halben Stunde zu Lasten meiner Handy-Flatrate mit dem Mann am quasseln bin. Gott sei Dank, ruft er ja jetzt zurück. In einer halben Stunde. Also mal fix die Unterlagen gesucht. Aber 30 Minuten sind ja eine lange Zeit. Denkt man jedenfalls in seinem jugendlichen Leichtsinn. Denn 30 Minuten sind vielleicht lang, wenn die eigene Mannschaft 1:0 vorn liegt und noch eine halbe Stunde zu spielen ist. Liegt man hingegen 0:1 zurück und drängt auf den Ausgleich, dann können diese 30 Minuten aber mal ganz schnell vorbei sein.

Es wird Sie sicher nicht überraschen, dass es sich beim Suchen irgendwelcher Unterlagen nicht anders verhält. Vor allem, wenn man nicht weiß, wo man überhaupt suchen soll. Also Schublade auf, Schublade zu, Ordner durchgeblättert, Mappen ausgeschüttet und Ablagekörbe in aller Hektik durchstöbert. Ich finde, wie sollte es anders sein, haufenweise irgendwelche Papiere, die ich schon ewig vermisse, aber natürlich nicht die, um die es jetzt geht. Die Uhr rückt unerbittlich vor, gleich wird Hajo wieder anrufen, und ich, ich habe ihm nichts zu bieten. Doch siehe da, just in dem Moment, in dem mein Handy klingelt, greife ich in das Fach mit der guten Esszimmertischdecke, und was finde ich da? Unseren Telekommunikations-Vertrag! Mit all diesen Starter-Codes, Netzwerkschlüsseln, Kennnummern und Passwörtern. Es stimmt halt doch, dass Wunder immer mal wieder geschehen.

„Und", fragt Hajo. „Fündig geworden?"

„Na logo", antworte ich so relaxt wie möglich. „War echt kein Thema. Wir haben schließlich Ordnung in unseren vier Wänden."

„Glückwunsch", sagt Hajo. „Das erlebe ich oft auch ganz anders."

Ich schüttele innerlich den Kopf und denke mir, was es doch für schlampige Zeitgenossen gibt. Aber das ist jetzt hier nicht das Thema. Ich will wieder online sein. Und dafür kriegt Hajo seine komische Referenzkennung. Die er in sein Programm eingibt und dann zufrieden feststellt: „Na bitte, geht doch." Um kurz darauf zu bemerken: „Scheiße, irgendwie krieg ich das nicht hochgefahren."

Ich will ja gar nicht hochfahren. Ich will einfach nur fahren. Surfen. Auf der Datenautobahn. Ein bisschen im Netz unterwegs sein. Und mal wieder von der Feststation telefonieren können.

„Kein Problem", sagt Hajo völlig tiefenentspannt. „Ich bräuchte nur mal die Seriennummer von Ihrer FritzBox."

So, so. Blöd nur, dass die im Keller hängt. Unten angekommen frage ich neugierig: „Und wo steht sie jetzt, diese Seriennummer?"
„Auf der Rückseite der Box", klärt mich Hajo auf.

Aber das Teil hängt doch an der Wand. Wie soll ich da jetzt drankommen? Also gut, ich hole mir eine Fußbank, erklimme diese, nehme die Box von der Wand und bemühe mich, die 20stellige Zahl möglichst fehlerfrei an Hajo durchzugeben.

„Wunderbar", sagt dieser. "Jetzt werden wir's gleich haben."
Dazu solle ich in meinen Browser doch bitte mal den Begriff FritzBox 7490 eingeben und dazu das Passwort, damit wir gucken können, welche Verbindungen da geschaltet sind.

„Ja, aber das Internet geht doch bei uns nicht", werfe ich zaghaft ein.

„Kein Problem", beruhigt mich Hajo. „Das geht auch auf dem Handy."

Der Mann hat gut reden. Aber meinetwegen. Nur, wo ist denn das verdammte Passwort nun wieder? Ich weiß nur, dass unser Sohn dieses in einem Anfall familiärer Hilfsbereitschaft absolut Hackersicher angelegt hat. Eine endlose Kolonne von Buchstaben, Zahlen und Zeichen. Zum Glück entdecke ich es in meinen zuvor gefundenen Unterlagen und tippe es mühsam auf dem Display meines

Handys ein. Vertippe mich dabei zweimal, fange wieder von vorne an und bin froh, dass Hajo so geduldig ist.

„Kein Problem", sagt er gönnerhaft. Er habe ohnehin Dienst bis 21:30 Uhr. Das beruhigt mich ungemein und siehe da, endlich ist es geschafft. Ich sehe auf meinem Handy-Bildschirm tatsächlich die FritzBox-Daten und was womit verbunden ist.

„Alles klar", sagt Hajo. „Ich werde jetzt den Repeater neu konfigurieren."

„Bitte, den was???"

„Lassen Sie mich mal machen", sagt Hajo. Okay, was bleibt mir anderes übrig? Und Hajo macht. Er fordert mich alle paar Minuten auf, eine Taste zu drücken, ein Fenster zu öffnen, eine Eingabe zu bestätigen. Aber er ist entweder mit mir, mit sich oder mit dem Ergebnis nicht zufrieden. Immer wieder fragt er: „Da müsste jetzt eigentlich eine Diode aufleuchten. Sehen Sie was?"

Nein, tue ich nicht.

„Mmmh, mmh", macht Hajo. „Das ist jetzt seltsam." Und er schickt mich zwischendurch immer wieder in den Keller zur FritzBox, um einen Blick auf die abwechselnd blinkenden grünen und roten Lichter zu werfen. Was zwar nett aussieht, Hajo aber in keinster Weise zufriedenstellt. Denn blinken dürfte da eigentlich nix. Tut es aber. Irgendwann komme ich mir vor wie in diesem Witz, in dem die Omma aufgefordert wird, die Länge ihres Telefonkabels zu messen. Gut, dass wir kabellose Geräte haben. Die allerdings nichts nutzen, wenn sie keinen Ton von sich geben.

Mittlerweile dauert die gesamte Prozedur etwa zwei, gefühlt aber locker acht Stunden. Und ich muss mit Befremden feststellen, dass Hajo ganz offensichtlich sowohl die Geduld als auch die Zuversicht verlässt. Immer häufiger mischt sich in sein optimistisches „Kein Problem, das haben wir gleich" unüberhörbar das schöne urdeutsche Wort Scheiße. Irgendwie tut er mir leid, aber er hat es ja so gewollt. Es heißt nicht umsonst: Augen auf bei der Berufswahl. Und dann kommt er, der Moment, an dem er seine Niederlage eingestehen muss.

„Wissen Sie was", sagt er mit matter Stimme. „Ich überbrücke da mal den Router und überliste die Box, lege den beiden sozusagen einen Bypass, dann wird das Telefon schon irgendwie wieder funktionieren."

Das klingt wenig überzeugend, aber auch ich bin das ewige Gerenne und Gedrücke leid und mag nicht mehr. Außerdem ermüdet man in meinem Alter viel schneller als früher. Also lass ich ihn machen, und als er endlich fertig ist, entlasse ich ihn in den Feierabend. Dann rufe ich testhalber den Pizza-Service an und was soll ich sagen, es klappt tatsächlich. Warum auch immer, Hajo sei Dank.

An dieser Stelle könnte die Geschichte, die ja nun offensichtlich ein gutes Ende genommen hat, ihr Ende finden. Wäre da nicht der nächste Tag gekommen und mit ihm eine WhatsApp unserer Tochter, warum wir telefonisch auf dem Festnetz nicht erreichbar seien. Na, na, denke ich, Mädchen, hast wohl eine falsche Nummer gewählt. Warum sollten wir nicht erreichbar sein? Schließlich war Hajo mit seinen segensreichen Händen am Werk. Also beschließe ich, sie zurückzurufen, um ihr zu beweisen, dass da alles wieder tip-top ist. Aber schon als ich das Gerät von der

Ladestation nehme, höre ich – nichts. Absolute Stille. Kein Freizeichen, kein gar nichts. Das verstehe, wer will. Wähle vorsichtshalber trotzdem mal ihre Nummer, was aber nur zum gleichen Ergebnis führt. Grande merde, aber sowas von grande.

Ich verfluche Hajo und seinen telekommunikativen Bypass, nehme mein Handy und rufe eine Fachfirma für eben solche Probleme an. Höre erfreut, dass der zuständige Mitarbeiter noch am Nachmittag bei uns auf der Matte stehen wird, und bete anschließend inständig, er möge sich als Meister seines Faches erweisen. Um es kurz zu machen: er braucht weniger als eine Stunde, von der er ungefähr die Hälfte damit verbringt, Hajo und seinen Lösungsansatz nach allen Regeln der Kunst zu verfluchen.

Seitdem funktionieren Telefon samt Anrufbeantworter und Telefonbuch sowie das Internet absolut störungsfrei, was jeden Euro, den uns der Mann in Rechnung gestellt hat, vorbehaltlos rechtfertigt. Die Hotline, die zwar nix kostet aber ganz offensichtlich auch nix taugt, werde ich künftig konsequent ignorieren. Ich hoffe, Hajo wird es mir verzeihen.

■ ■ ■

Herr Meckel ist zu Tisch

In Zeiten von Bandansagen und Sprachcomputern grenzt es schon an ein Wunder, wenn man in einer Firma, Behörde oder Arztpraxis anruft und sofort ein menschliches Wesen an die Strippe bekommt. Noch weitaus aussichtsloser wird dieses Unterfangen, wenn man für seine telefonische Kontaktaufnahme ausgerechnet die Mittagszeit wählt, in der offenbar die halbe Belegschaft gleichzeitig mit der Nahrungsaufnahme beschäftigt ist. Da kann man sich dann schon glücklich preisen, wenn überhaupt jemand zum Hörer greift, um uns die Gnade eines Gesprächs zu erweisen.

Allerdings sollte man sich darauf einstellen, dass die Verständigung doch oft eher schleppend verläuft und uns in der Regel jede Menge Geduld abverlangt. Genau das muss ich heute mal wieder erfahren, als ich, ohne vorsichtshalber vorher meine Uhr zu konsultieren, die Nummer der Bank meines Vertrauens in die Tastatur eintippe.

„Guten Tag, hier ist Suttner von der Sparbank, was kann ich für Sie tun?" meldet sich ein offenbar im Begrüßen von Kunden bestens geschulter Mitarbeiter des Kreditinstituts.

„Entschuldigen Sie, ist der Herr Meckel nicht im Hause?", frage ich Herrn Suttner, den ich ja eigentlich gar nicht sprechen will.

„Im Hause schon, aber nicht in seinem Büro", erklärt mir Herr Suttner pflichtbewusst. Das lässt mich immerhin hoffen und ich wiederholte eher rhetorisch: „So, so, der ist nicht in seinem Büro."

„Nein", sagt Herr Suttner, „er ist momentan zu Tisch."

„Wie, zu Tisch?", frage ich ein wenig irritiert.

„Na ja, zu Tisch halt, ist ja schließlich jetzt Mittagszeit", klärt mich Herr Suttner auf.

Ich sehe auf die Uhr. Wo er Recht hat, hat er Recht. Da hätte ich nun wirklich selbst drauf kommen können. Und so frage ich artig: „Und wann kommt Herr Meckel vom Essen zurück?"

„Weiß ich nicht", bedauert Herr Suttner. „Ich bin ja nicht mal sicher, ob er überhaupt zum Essen ist."

„Entschuldigung", wage ich etwas ungehalten einzuwerfen, „aber sagten Sie eben nicht ganz deutlich, er sei
zu Tisch?"

„Gewiss", bleibt Herr Suttner ganz ruhig. „Ich nehme
es an, weil, wie ich bereits erwähnte, jetzt Mittagszeit ist
und ..."

„Aber sicher sind Sie sich nicht?", falle ich ihm ins Wort.

„Nicht unbedingt."

„Und warum sagen Sie dann, er sei zu Tisch?"

„Nun ja, weil das hier wie in fast jeder Firma so üblich
ist, dass, wenn die Kollegen zur Mittagszeit nicht im Büro
sind, dann sind sie halt zu Tisch, so einfach ist das!"
Herr Suttner ist ganz offensichtlich nicht aus der Ruhe zu
bringen.

„Aha, so einfach ist das", äffe ich ihn nach. „Ich denke
eher, mein Lieber, Sie machen es sich verdammt einfach."

„Nun werden Sie mal nicht gleich persönlich", geht nun
Herr Suttner in die Offensive. „Aber es kann schon sein,
dass er statt etwas zu essen lieber ein wenig spazieren geht
oder in der Stadt etwas einkaufen. Manchmal lässt er sich
auch die Haare schneiden."

„Er lässt sich die Haare schneiden?", frage ich einigermaßen konsterniert.

„Ja, warum nicht? Das kommt schon mal vor, so etwa alle
vier Wochen." Herr Suttner kennt Herrn Meckel offenbar
recht gut. Ich rudere etwas zurück.

„Verstehe, dann wäre er ja wirklich nicht zu Tisch."

„Nein", bestätigt Herr Suttner. „Dann wäre er außer
Haus!"

„Und wo ist er nun, zu Tisch oder außer Haus?"

„Entweder – oder, woher soll ich das so genau wissen,
er sagt ja nicht Bescheid", ist jetzt auch Herr Suttner etwas
ratlos.

„Er könnte also auch außer Haus sein?", mutmaße ich.

„Gewiss, das sagte ich ja schon", bestätigt Herr Suttner. „Und es kann sogar sein, dass er auswärts etwas isst. Das weiß man bei ihm nie so genau."

„Dann wäre er sozusagen außer Haus zu Tisch." Ich bin richtig stolz auf meinen kleinen Geistesblitz, habe jedoch die Rechnung ohne Herrn Suttner gemacht, der umgehend kontert: „Sozusagen. Oder zu Tisch außer Haus, wie man's nimmt."

„Junger Mann, Sie haben nicht zufällig heute Morgen einen Clown gefrühstückt?", erkundige ich mich entrüstet. Was bildet sich der Kerl eigentlich ein?

„Hab ich nicht", gibt er ungerührt zurück. „ Aber Sie, junger Mann, das hört man in meinem Alter wirklich gern."

„Bitte jetzt mal…" Jetzt wird der Bursche auch noch unverschämt.

„Okay, okay", beruhigt er mich. „Aber mal im Ernst: Was wollen Sie eigentlich von Herrn Meckel?"

„Das geht Sie erstens nichts an und zweitens würde ich das Herrn Meckel gern persönlich sagen." Irgendwann ist es auch mal gut mit dem Geplänkel.

„Alles klar", meint Herr Suttner ungerührt. „Soll ich ihm dann ausrichten, dass Sie heute Nachmittag auf seinen Rückruf warten? Also, wenn er von Tisch oder außer Haus zurück ist, also nicht nur wieder im Hause, sondern auch in seinem Büro."

„Jetzt passen Sie mal auf, Sie Komiker", habe ich jetzt endgültig die Nase voll. „Herr Meckel kann mich mal … heute Nachmittag überhaupt nicht mehr erreichen. Denn jetzt gehe ich erst mal zu Tisch, und dann bin ich leider außer Haus. Und wenn wir jetzt nicht endlich aufhören mit dem Gequatsche, muss ich noch hungrig außer Haus, weil ich nicht mehr rechtzeitig zu Tisch gekommen bin. Haben Sie das verstanden?"

„Aber sicher doch", lässt mich Herr Suttner wissen. „Der Komiker muss hungrig außer Haus weil er seinen Tisch wegen Quatschen nicht erreichen konnte. Werde das Herrn Meckel so weitergeben."

„Sagen Sie mal", schnappe ich hörbar nach Luft. „Sie haben sie wohl nicht mehr alle?"

„Keine Ahnung", lässt Herr Suttner meine Frage an sich abperlen. „Was ich aber weiß ist, dass ich einen Mordshunger habe. Also tschüsskes, guter Mann, und nix für ungut. Ich bin dann mal weg. Sie wissen doch: zu Tisch, aber nicht außer Haus. Mein Tisch steht nämlich inner Kantine. In diesem Sinne. Mahlzeit!"

Damit legt Herr Suttner auf und mir bleibt am Ende nichts anderes übrig, als es ihm gleich zu tun. Für heute habe ich von Telefonaten ohnehin die Nase gestrichen voll. Bei Herrn Meckel werde ich es später mal versuchen, wenn er sich die Haare hat schneiden lassen und wieder in seinem Büro ist. Denn jetzt lasse ICH mich erstmal kulinarisch verwöhnen. Mitunter kommt man eben nicht umhin, Prioritäten zu setzen.

■ ■ ■

Man ist, was man isst

Ich weiß nicht mehr, ob es in der Tageszeitung stand oder auf einem dieser schlauen Abreißkalender, jedenfalls ist mir da eine dieser erhellenden Weltweisheiten ins Auge gefallen, die mit einem Satz das ganze Universum erklären können: „Sage mir, was du isst, und ich sage dir, wer du bist."

Sie müssen zugeben, schlicht aber ergreifend. Und meine erste spontane Eingebung war: Mein Gott, was steckt da nicht alles an philosophischer Erkenntnis drin? Aber je länger ich drüber nachgedacht habe, umso mehr kamen mir doch Zweifel. Schließlich muss man nicht alles glauben, was einem so erzählt wird. Auch wenn es in der Zeitung steht. Oder im Kalender.

Aber dann hat mich doch der Ehrgeiz gepackt, der Sache auf den Grund zu gehen. Man will ja nicht eines Tages blöd sterben. Also hab ich mich entschlossen, mir an diesem Tag mal kein Abendbrot, sondern verschärft Gedanken zu machen. Doch das war einfacher gesagt als getan. Denn wo fängt man jetzt an mit seinem selbst erteilten Forschungsauftrag? Unsereiner ist ja schließlich Laie auf dem Gebiet.

Ich meine, mir ist schon klar, dass jeder von uns sein eigenes kulinarisches Highlight hat. Was dem einen sein Steak ist dem anderen sein gemischter Salat und anderen wieder die Kalbshaxe oder der Krabbencocktail. So weit, so nicht unbedingt gut. Denn wie sollte mir eine solche Allerweltserkenntnis bei meinen Studien weiter helfen?

Also hab ich mir gedacht, ich nehme die Aussage einfach mal ganz wörtlich. Wenn zum Beispiel einer gern Steak mampft, da wäre er doch im Grunde nichts anderes als ein Rindvieh. Gut, jetzt nicht unbedingt ein profaner Ochse, könnte ja auch ein argentinischer Stier sein. Aber ob das die Angelegenheit so viel besser macht? Andrerseits, was soll denn der sagen, der am liebsten Jägerschnitzel isst? Ist der jetzt ein Schwein oder eher eine Zuchtchampion-Kultur? Oder beides? Und dann die, die bevorzugt zum halben Hähnchen greifen? Oder zur Putenkeule? Oder, oder, oder … So gesehen wäre diese Welt doch bevölkert von Hühnern, Puten, Gänsen, Tauben, Enten, Lämmern und was weiß ich noch welchem Getier. Ob das wirklich so hinhaut?

Nun mögen Sie einwenden, ja warum nicht? Es gibt doch schließlich Schweinehunde, blöde Ochsen, dumme Puten, dusselige Kühe oder doofe Ziegen zuhauf. Sicher, da haben Sie nicht unrecht. Aber ob die immer genau das essen, was sie verkörpern? Ich kenne so manches miese Schwein, das sich bevorzugt von Rührei mit Kartoffelbrei ernährt. Oder den einen oder anderen, der noch nie ein Fischfilet zu sich genommen hat, sondern fast ausschließlich gemischten Salat. Und der trotzdem ein Hecht im Karpfenteich ist und nicht etwa eine Kombi aus Artischocke, halber Paprika und einer Dose Mais.

Wobei Salat für manch einen ja sowieso nix zum Essen ist, sondern nur etwas zum Verfüttern an die Viecher, aus denen mal ein Steak werden soll. Für die rangiert Salat ganz hinten in der Nahrungskette, noch weit hinter Pizza, Pommes und Fischstäbchen.

Ich weiß, dass ich jetzt abschweife, aber mal ganz unter uns, das hab ich jetzt nicht ohne Hintergedanken getan. Weil ich irgendwie davon wegkommen muss, von wegen, dass man angeblich ist was man isst. Sie haben ja selbst gemerkt, dass man damit ganz schnell in der Sackgasse landet.

Denn was ist mit denen, die gern sowas wären wie, sagen wir mal, ein listiger Fuchs, ein stolzer Löwe oder ein anmutiger Flamingo? Schließlich kann man das alles doch überhaupt nicht essen. Oder die sich auf der anderen Seite bevorzugt von Marmeladenbrötchen oder Wackelpudding ernähren. Sowas will doch mit Sicherheit kein Mensch sein.

Und so hab ich meine Forschungsarbeit mit dem Ergebnis beendet, dass der Spruch nix als purer Blödsinn ist. Aber sowas von. Und dass man einen Ochsenschwanz verspeisen kann, ohne dabei Angstzustände zu kriegen. Oder dass man kein exotisches Geflügel in den Kochtopf werfen muss, um sich als stolzer Adler zu fühlen.

Ich hab mir überlegt, künftig lieber nach der Devise zu handeln: Es ist wie es ist, und du bist was du bist! Ganz egal, was du dir in die Pfanne haust. DAS sollte man mal auf Kalenderblätter schreiben. Dann müsste sich auch niemand unnötig Gedanken machen.

■ ■ ■

Briefe an die Körpermitte

Mal ganz ehrlich, gibt es etwas Schöneres, als einen gesunden, makellosen Körper sein eigen zu nennen? Auf den man einfach stolz sein kann, und mit dem man sich auch in Badehose oder Bikini ins Freibad traut, ohne vor Scham im Boden zu versinken? Aber es ist nun mal eine traurige Tatsache, dass ein solches Geschenk des Himmels nur den wenigsten unter uns vergönnt ist. Denn selbst wenn da eine ein Supermodel ist oder ein anderer Bodybuilder, irgendeine Schwachstelle verhagelt doch jedem von uns die Petersilie.

Ich könnte da ein leidvolles Lied von singen und hätte auf Anhieb eine ganz Liste von Beispielen parat, die an dieser Stelle aufzuzählen das Maß des Zumutbaren sprengen würde. Außerdem gibt es nun wirklich keinen Grund, mit diesen körperlichen Defiziten auch noch zu prahlen. Es reicht, wenn Sie wissen, dass mein Körper eine einzige Problemzone auf zwei Beinen ist. Wobei ich die Beine dabei nicht einmal ausschließen möchte.

Andrerseits müssen wir uns mit diesen Schwachstellen ja trotzdem irgendwie arrangieren. Schließlich haben wir nun mal nur diesen einen Körper und müssen mit ihm unser Leben fristen. Ob wir nun wollen oder nicht. Das kann einem schon aufs Gemüt schlagen und in besonders ausgeprägten Fällen schlimmste Depressionen zur Folge haben. So wird es Sie nicht wundern, dass ich stets mit offenen Augen und Ohren unterwegs bin, um vielleicht irgendwo eine Lösung für den Umgang mit meinen körperlichen Problemen zu entdecken.

Und ob Sie's glauben oder nicht, aber da sehe ich doch tatsächlich in einer Talkshow diese etwas füllige Frau, ihres Zeichens ein professionelles *Curvy Model*, sprich Kurven-Modell, die genau zu diesem Thema nicht nur eine Idee entwickelt, sondern dazu auch gleich noch ein Buch geschrieben hat. Was ja irgendwie auch logisch ist. Denn warum sollte sie sonst in einer Talkshow sitzen?

Jedenfalls sitzt diese Frau dort und erzählt der staunenden Umwelt doch allen Ernstes, dass sie eines Tages damit begonnen hat, Briefe an ihre Problemzonen zu schreiben, um ihnen durch diese Kommunikation gleichsam ihren Schrecken zu nehmen. Und mein erster Gedanke war: Hallo, geht's noch? Briefe an Wampe, Schulter und das wacklige Knie? Und dann? Schicken die mir 'ne Antwort? So in der Richtung: Alles klar, Alter, und sorry, dass wir nicht so in Form sind, wie du es gern hättest. Wir geloben Besserung. Oder andersrum: Sieh zu, wie du klar kommst, wir können dir da echt nicht helfen. Haben schon genug mit uns selbst zu tun.

Ich meine, okay, es gibt Menschen, die reden mit ihrem Auto. Oder mit dem Kühlschrank und dem Fernseher. Aber sowas kann man ja auch nicht unbedingt ernst nehmen. Warum also sollte das mit den Briefen funktionieren? Andrerseits, wenn dieses *Germanys next Top-Moppel* damit Erfolg hatte, und das versicherte sie den Moderatoren wie TV-Zuschauern höchst eindrucksvoll, warum sollte man ihr nicht Glauben schenken? Und das Ganze mal selbst ausprobieren? Schließlich heißt es doch nicht umsonst: Versuch macht klug! Und schaden tut es ja nicht. Ich muss es ja keinem weiter erzählen.

Und so hab ich mich denn hingesetzt und als erstes einen Brief an meinen Bauch samt den seitlichen Haltegriffen verfasst.

Liebe Körpermitte, vielleicht wirst du dich jetzt wundern, von mir Post zu erhalten. Ist ja auch bislang noch nicht vorgekommen. Da wäre ich an deiner Stelle auch verblüfft. Aber irgendwann ist halt immer das erste Mal. Also, es geht um folgendes: Erstmal wollte ich dir sagen, wie froh ich bin, dass ich dich habe. Denn mal ehrlich, was wäre ein Mann ohne seinen Bauch? Doch nur 'ne halbe Portion. Irgendwie unvollständig. Doch, doch, da übertreibe ich jetzt nicht. Ich wäre aber immer noch froh genug, wenn du vielleicht ein kleines bisschen weniger ... Versteh mich bitte nicht falsch, ich will mich wirklich nicht beklagen. Aber es ist doch mal so, weniger ist ja mitunter mehr. Wer von uns beiden wüsste das nicht. Also, wenn du in den nächsten Wochen vielleicht einen kleinen Schrumpfungsprozess in Erwägung ziehen könntest. Meinen Segen hättest du. Denk doch mal drüber nach. In inniger Verbundenheit. Dein Mensch.

Von da an habe ich ungeduldig auf seine Reaktion gewartet. Nicht, dass er mir zurück schreibt. Das wäre sicher zu viel verlangt. Aber so ein kleines Zeichen der Akzeptanz, so nach dem Motto: Jepp, ich habe verstanden. Kannst dich drauf verlassen. Und an meiner Masse, da werde ich von jetzt an arbeiten, versprochen.

Aber da kam nix. Es passierte auch nix. Und so habe ich es nach ein paar Wochen erneut versucht. Dieses Mal im Ton schon etwas energischer.

Hallo Bauch, ich bin's mal wieder. Wollte mal höflich an meinen letzten Brief erinnern. Will aber auch nicht verhehlen, dass ich doch ein wenig enttäuscht bin von dir. Doch wirklich, ein wenig mehr Entgegenkommen hätte ich mir schon erhofft. Nur mal ein Zeichen des guten Willens. Ein paar Gramm oder Zentimeter weniger. Aber da kommt bislang leider nix von dir. Also, streng dich doch in Zukunft bitte ein bisschen mehr an. Da hätten wir schließlich beide etwas davon. In diesem Sinne.

Und dann hieß es wieder warten. Täglich auf die Waage steigen und mit dem Zentimetermaß nachmessen. Und Sie werden es schon ahnen: Der Erfolg war gleich Null! Immer noch keine Resultate. Keinerlei Resonanz. Auch nach einem Monat nicht. Also habe ich beschlossen, ihm noch eine letzte Chance zu geben. Und damit auch einen letzten Brief.

Hör mal, Wampe, ich habe den Eindruck, du verstehst diese ganze Übung nicht. Ja, glaubst du denn, ich mache mich hier zum Affen, und du reagierst in keinster Weise? Ich hatte ja von Anfang an meine Zweifel. Aber dass du mich derart auflaufen lässt, das hätte ich echt nicht erwartet. Was bildest du dir eigentlich ein? Also, sieh zu, dass da jetzt doch noch was passiert. Sonst war's das mit uns beiden. Ich hoffe, wir verstehen uns.

Doch es kam, was irgendwie auch kommen musste. Der Fettsack war stinkig und beleidigt. Und zwar so sehr, dass er umgehend damit begonnen hat, an Gewicht und Umfang zuzulegen. Das hab ich jetzt davon. So eine Kanaille. Aber was will man von so einem Speckgürtel auch anders erwarten? Mein Bauch ist anscheinend Legastheniker, kann also nicht lesen. Und lernt demzufolge auch nichts dazu. Also habe ich mich entschlossen, ihn künftig nicht mehr mit Nachrichten irgendwelcher Art zu behelligen. Das hat er eben davon. Selbst Schuld. Dafür werde ich mich mal morgen schriftlich an meinen Magen-Darm-Trakt wenden. Sie wissen schon: Sodbrennen, Aufstoßen, Völlegefühl. Da gibt es sicher noch ein weites Betätigungsfeld. Und vielleicht ist die Region ja auch intelligenter und lernfähiger als meine Wampe. Einen Versuch jedenfalls ist es allemal wert. Würde mich freuen, wenn mein Körper das genauso sähe.

■ ■ ■

Mit Emil im Fidelen Ochsen

Irgendjemand hat mal behauptet, man verbringe sein halbes Leben mit Suchen. Das halte ich jetzt zwar für stark übertrieben, geht aber schon irgendwie in die richtige Richtung. Denn mal ehrlich, wir sind doch ständig auf der Suche nach bestimmten Dingen. Nach Haus- und Autoschlüsseln zum Beispiel, nach unserem Handy oder der Geldbörse. Wir suchen unsere Gesundheitskarte, die PIN für den Geldautomaten und unseren Reisepass zwei Stunden vor der Abfahrt zum Flughafen. Manche suchen aber auch ganz einfach den Partner fürs Leben. Sowas kommt tatsächlich immer wieder vor.

Und dann, wer wüsste das nicht, wird seit Jahren gesucht nach Menschen mit außergewöhnlichen Talenten. Die besser singen können als alle anderen. Die besonders gut tanzen können, zaubern, jonglieren oder zur Musik mit den Ohren wackeln. Im Grunde gibt es eigentlich keine Fähigkeit, nach der nicht irgendwer irgendwo suchen würde.

Dennoch wird es Sie vielleicht überraschen, dass seit einiger Zeit auch nach Spezialisten gesucht wird, die mit einem besonderen Appetit gesegnet sind. Aber der Beweis, der sie überzeugen wird, ist schnell erbracht. Und zwar von Emil Pannekoken höchstpersönlich, der sich als Kandidat anschickt, in Kürze den Titel bei einem angesagten kulinarischen Megaevent zu erringen.

Kein Wunder also, dass er täglich in seinem Stammrestaurant Zum fidelen Ochsen anzutreffen ist, wo er sich einem intensiven Trainingsprogramm unterzieht, um am Tage der Entscheidung auf den Punkt topfit zu sein. Trotzdem ist es reiner Zufall, dass der wackere Emil gerade heute seinen alten Kumpel Jupp Kauczinski trifft, dem er seit einer gefühlten Ewigkeit nicht mehr über den Weg gelaufen ist.

„Tach, Jupp, lange nich gesehn und trotzdem wieder erkannt", begrüßt Emil erfreut den Mann, mit dem er schon in jungen Jahren um die Häuser gezogen ist.

„Jau, Emil, dat kannze wohl laut sagen."

„Und, wie isset so?"

„Na ja, muss, nä? Ich sach ja immer: Hauptsache gesund und die Frau hat Arbeit." Jupp hat halt schon seit jeher einen Hang zur Comedy.

„Der is gut, der könnt von mir sein."

„Ja, nä? Aber sach ma, wat gibbet denn bei dir neuet?"

„Ja, hasse dat denn nich inne Zeitung gelesen?", fragt Emil einigermaßen erstaunt. „Ich bin doch getz Kandidat bei DSDS."

„Echt?" Jupp ist in der Tat verblüfft. „Und da singste beim Bohlen, diesem blonden Pop-Titan?"

„Nee, ich doch nich. Weißte doch, dat ich eher sing wie ne verrostete Fahrradklingel. Abba et gibt doch da diese neue Sendung: *Deutschland sucht den Superesser.*"

„Ach wat, tatsächlich?", fragt Jupp interessiert. „Dat is ja 'n Dingen. Abba da biste doch sicher bei die Favoritens dabei, bei dein Appetit."

„Sach et nich", bremst Emil seinen Kumpel erstmal aus. „Da gibbet noch jede Menge andere Kaliber, da muss sich unsereins erstmal gegen durchsetzen. Aber deshalb bin ich doch regelmäßig hier innet Restaurant zum Trainieren. Von nix kommt ja schließlich nix."

„Guck ma einer an. Und wat machse bei dieset Wettessen nu genau?" Jupp ist jetzt ganz Ohr.

„Ja, nu", setzt Emil zur Aufklärung an. „Dat Thema is in diesem Jahr ja *All inclusive annet Mittelmeer*, oder so ähnlich. Jedenfalls gilt et, in mehrere Disziplinen so viel wie möglich von ein riesiget Büffett abzuräumen, so, wie man et zum Beispiel auf Malle innen Urlaub machen würde. Und ich sach dich, dat is nich ohne, da musse schon verdammt gut vorbereitet sein."

„Dat kann ich mich denken", nickt Jupp zustimmend."
Aber sach ma, wat steht denn da nu genau so allet aufm
Programm?"

„Na ja, wie man dat vonnen Urlaub kennt, fängt et
natürlich ersma mitten Frühstück an."

„Dat is doch für dich sicher kein Problem", ist Jupp von
den Qualitäten seines Gegenüber vollkommen überzeugt.

„Dat sachse so. Aber wie ich gehört hab, hat sich die Jury
ausgerechnet für dat englische entschieden."

„Ja, und?"

„Ja, mein Lieber, dat is für mich 'ne mittelschwere
Katastrophe."

„Wieso dat denn?", versteht Jupp die Welt nicht mehr.

„Ja, guck dich doch ma an, wat die Brexitfritzen schon
kurz nachm morgendlichen Zähneputzen so allet in sich
reinstopfen. Da is nix mit Brötchen, Butter, Marmelade,
Käse, Wurst und wat weiß ich noch allet. Damit komm ich
schon klar, dat hau ich ja auch zu Hause wech ohne mit
de Wimper zu zucken. Aber dann kommen die mit ihre
matschige Bohnen und wabbelige Würstken, dann diesen
fettigen Speck, gefüllte Pfannekuchen, labberigen Toast und
weiß der Deubel noch allet. Das sieht schomma Scheiße aus,
schmeckt Scheiße, und dann soll man auch noch Massen
davon wegballern. Dat grenzt doch an Körperverletzung."
Emil ist augenscheinlich außer sich.
„Jau, dat hört sich wirklich nich so gut an", pflichtet
ihm Jupp bei. „Und wat kommt dann nachn Frühstück?"

„Na ja, danach geht et sofort nahtlos weiter mit Pils, Sangria, Erdnüsse und so kleine Häppkes. Eben genau so, wie wenn de in Spanien annen Swimming-Pool liegen tätest. Anschließend gibtet dann Mittagessen, wahrscheinlich mit so Sachen wie Pizza, Hamburger, spanischet Omlette, Thunfischsalat, Käse-Schinken-Sandwich und wat weiß ich. Und kaum ist der letzte Happen verputzt, kommen die sicher mit Kaffee, Kuchen und Eisbecher." Emil ist schon jetzt fix und fertig und zählt weiter auf:

„Na ja, und abends gibt et dann dat volle Programm. Ich kann dat jetzt hier gar nich allet aufzählen, ich mein, so ganz genau weiß ich et ja getz auch noch gar nich, aber ich schätze, fünf Sorten Fleisch, drei Sorten Fisch, Gemüse, Nudeln, Kroketten sind da nur der Anfang. Dazu wird et so exotischen Extrakram geben wie Paella, Muscheln mit Tintenfisch, Karnickel in Backpflaumen und weiß der Geier noch wat. Wenn de dat allet intus hast und et macht sich dieset Gefühl in dich breit, dein Innerstes wär 'ne Biogasanlage, die jeden Moment inne Luft gehen könnte, dann kommen die mit ihrn Nachtischbüffett. Und als sei dat allet nich schon mehr als genuch, geht es hinterher noch zum Absackersaufen inne Bar. Dat is Fress-Stress vom Allerfeinsten, also, sowat gönnt man selbst seinem größten Feind nich."

„Mein Gott", sagt Jupp ehrlich erschüttert. „Dat is ja wirklich nich von schlechte Eltern, watte da vor de Brust hast. Meinze denn, datte dat trotzdem hinkriechs?"

„Sonst müsst ich gar nich erst hinfahrn", sagt Emil selbstbewusst. „Du kennst mich und meinen Appetit, haste ja vorhin noch selbst gesacht. Für et Essen hab ich nun ma en gewisset Talent, dat ich seit früheste Jugend kontinuierlich fortgebildet hab. Dazu kommt noch, dat ich ja erfahrener

Pauschaltourist bin, da bin ich natürlich schomma per se im Vorteil. Stichwort: *All inclusive!* Du weißt doch, dat ma da nix umkommen und keine Mahlzeit auslässt."

„Wär ja auch blöd", pflichtet Jupp ihm bei. „Bezahlt is schließlich bezahlt, nä?"

„So isset. Und ich sach dich noch wat. Um meine Verdauungsorgane ordentlich abzuhärten, hab ich inne letzten Wochen mehrfach die Speisekarte von Manni sein Imbiss rauf und runter gegessen. Wer dat überlebt, den haut garantiert nix mehr ausse Socken."

„Da hasse wohl Recht. Dat Essen is da fast noch schlimmer als bei meine Irene zu Hause. Und dat will wat heißen." Jupp kann sich ein Grinsen nicht verkneifen.

„Du musst et ja wissen …"

„Dat kannste wohl laut sagen. Ich musset ja schließlich jeden Tach essen. Aber wie isset sons, hasse da noch wat anderet auf dein Trainingsplan?"

„Jau. Eima die Woche geh ich innen Clinch mit Rainer Calmund, diese ehemalige rollende Fußball-Boulette. Wat der wechhaut, da kannze nur de Kochmütze vor ziehen. Wenn de mit dem mithalten kannz, dann bisse schon ma per se ganz weit vorne."

„Dat glaub ich dir aufet Wort. Und warum biste nun heute hier innen Fidelen Ochsen? Ma eben en halbet Schwein verputzen?"

„Genau so isset!" bestätigt Emil. „Schließlich isset ja nicht mehr lange hin, bis et losgeht. Da muss ich jede

Schangse zum Trainieren nutzen. Abba sach ma, willze mich dabei nich Gesellschaft leisten? Et bleibt bestimmt genuch über, datt auch du noch davon satt wirst."

„Dat is echt n reizvolles Angebot, und ich würdet nur zu gern annehmen. Abba et is ma so, dat die Irene heute Abend wieder kocht. Und wenn ich da nich pünktlich annen Tisch sitz, dann is abba Hängen im Schacht. Und wat dann abgeht, dat willze gar nich wissen."

Jupp kann sein Bedauern nur schwer verbergen, aber Emil lässt noch nicht locker. „Abba haste nich grad noch gesacht, dat die Irene nich grad kocht wie *Mälzer* und *Lafer*?"

„Ja, dat is auch so. Irene und Kochen, dat passt zusammen wie *Schalke* und Meisterschale. Trotzdem, et is besser, wenn se nich stinkig auf mich is. Glaub mir, ich weiß, wovon ich rede."

„Lass ma gut sein. Dat letzte wat ich will, is, dat du meinetwegen Stress hast. Da hau ich mir die Haxe lieber allein rein. Und ich muss dann auch ma. Sonst kommen mich am Ende noch de Kallorien durcheinander. Also, machet jut. Man sieht sich."

„Allet klar, Emil, mach hinne, ich will dich nich aufhalten. Abba wenn de da abgeräumt hast bei diesen Wettbewerb, und ich hab da nich den geringsten Zweifel dran, dat du dat packst, dann treffen wir uns hier wieder und heben einen auf deinen gewonnenen Henkelpott. Oder gibet da 'ne goldene Suppenterrine? Na, is auch egal. Jedenfalls, ich drück dich de Daumen. Also, Tschüsskes un bis die Tage."

Damit gehen die beiden alten Kumpel ihrer Wege. Emil

zu seiner Schweinehälfte und Jupp zu Irene. Dem unterwegs der geniale Gedanke kommt, dass es doch eine Klasse Idee wäre, wenn mal jemand den Wettbewerb DSDSK, genauer gesagt *Deutschland sucht den schlechtesten Koch* ins Leben riefe. Das wäre mal was ganz anderes, als immer krampfhaft nach dem perfekten Dinner zu suchen. Und vor allem, seine Irene könnte ohne Probleme daran teilnehmen. Dass sie am Ende ganz weit vorn landen würde, daran hat Jupp nicht den allergeringsten Zweifel.

Ein Genie räumt auf

Vielleicht kennen Sie das auch: Sie sitzen im Restaurant, das Essen ist lecker, die Bedienung aufmerksam, die Gespräche gedämpft. Jeder ist mit sich oder maximal seiner Tischrunde beschäftigt. Kurzum: Alles ist gut! Und man wünscht sich im Grunde nur das Eine, nämlich, dass es für die nächsten eineinhalb Stunde so bliebe.

Dann wird der Nachbartisch frei, es nähert sich ein Quartett, bestehend aus einem älteren und einem jüngeren Pärchen, sie nehmen Platz – und in dem Moment, in dem der Hintern der jungen Frau Kontakt mit der Sitzfläche ihres Stuhls aufgenommen hat, ist plötzlich nichts mehr, wie es vorher war.

Nicht, dass Sie jetzt denken, es hätte sich vielleicht sowas wie eine Bombendrohung ereignet. Oder es kursiere der Verdacht, bei dem jungen Paar könne es sich um die legitimen Nachfolger von Bonnie und Clyde handeln, die sich just anschicken, den übrigen Gästen umgehend Handys,

Schmuck und Geldbörsen abzunehmen. Gott bewahre. Es passiert eigentlich überhaupt nichts. Jedenfalls nichts Spektakuläres. Außer dass diese blonde, junge Frau den Mund aufmacht und damit beginnt, ihre unmittelbare Umgebung gnadenlos mit einem Schwall an Konversation zu überziehen, gewaltig wie eine dicke Schicht Käse, die einem Nudelauflauf geradezu die Luft abdrückt. In einer Lautstärke, dass man nicht mal so tun kann, als höre man nicht zu. Dazu in einer Intensität, als trainiere sie für einen Guinessbuch-Eintrag in Sachen Dauerbeschallung. Und um es vorweg zu nehmen: Daran wird sich für den Rest unseres Aufenthalts in diesem Tempel der Genüsse nichts mehr ändern.

Dabei sind es nicht einmal so sehr der Geräuschpegel und das verbale Stakkato, die uns die genießerische Beschaulichkeit des Abends nach allen Regeln der Kunst in die Tonne kloppen. Was uns die Fußnägel zum Hochklappen bringt ist vielmehr der Inhalt der Verbalkeule, die von dem jugendlichen Sprachrohr auf uns niedergeht. Wie wir nämlich ganz schnell realisieren (wie gesagt, weghören ist absolut unmöglich), handelt es sich bei ihr um eine angehende Ärztin, die offensichtlich soeben ihr praktisches Jahr oder etwas Ähnliches in einem Krankenhaus absolviert. Was jetzt im Grunde kein so aufsehenerregendes Ereignis ist. Wäre da nicht die Tatsache, dass diese Klinik offenbar ausschließlich von Dilettanten und Nichtskönnern bevölkert ist bzw. war. Denn jetzt ist sie ja da, die Erleuchtung der Ahnungslosen, der rettende Engel für all die verlorenen Patientenseelen, auf die dieser Hort der Heilung jahrzehntelang gewartet hat.

„Könnt ihr euch das vorstellen?", nölt sie soeben in die Runde, „dass da Ärzte arbeiten, die nicht mal eine anständige Spritze zustande kriegen? Vom Blutabnehmen mal ganz zu schweigen. Ich hab denen erst mal gezeigt, wie man sowas macht."

Ihr Publikum am Tisch ist sprachlos. Pappi möchte geradezu platzen vor Stolz, Mutti schmilzt hin in anhimmelnder Ergriffenheit. Was haben sie dieser Welt nur für ein Prachtexemplar von Kind geschenkt. Welche Koryphäe. Welches Genie, gegen das Einstein ein armseliger Sonderschüler ist. Nur der junge Mann, der ihr Bruder sein könnte, hält sich noch etwas zurück. Strahlt aber auch wie Honigkuchenpferd.

Und sie gibt weiter Gas.

„Das Schlimme ist, jetzt wollen die alle nur noch von mir gestochen werden. Ich meine, ich kann es verstehen. Aber ich sehe doch beim besten Willen nicht ein, für alle anderen die Arbeit zu machen. Die sollen mal selbst was tun für ihr Geld."
Jetzt nicken die drei anderen eifrig und zustimmend. Wäre ja auch noch schöner, wenn sich das Genie von den minderbemittelten Weißkitteln ausnutzen ließe. Doch so tough und selbstbewusst, wie das Schätzchen ist, scheint diese Gefahr definitiv gering. Das macht sie dann auch gleich wieder mal deutlich.

„Ich hab denen auch gleich gesagt, wenn ich deren Arbeit mitmachen soll, müssen sie mir was anderes abnehmen. Oder sollen mal mehr Kohle locker machen. Wo kämen wir denn sonst hin."

„Recht hast du, mein Schatz", bringt sich jetzt auch der smarte Jüngling ins Gespräch ein und greift bewundernd nach ihrer Hand. Ist also anscheinend ihr Freund und nicht der Bruder. Was auch irgendwie logisch ist, offenbart die Gute doch alle typischen Attribute des unantastbaren Einzelkindes: 1) Hoppla, jetzt komm ich! 2) Wo ich bin, da gibt es nichts anderes mehr! 3) Alles hört auf mein Kommando!

So sind sie halt, die Konkurrenzlosen. Und sind wir doch mal ehrlich: Ist es nicht auch besser so, wenn diese Alleinunterhalter nicht auch noch mit einer Ansammlung von Geschwistern gesegnet sind? Noch zwei oder drei von der gleichen Sorte wären sicher der reine Horror. Sowas gönnt man doch nun wirklich Keinen. Nicht mal den verblendeten Eltern dieses absoluten Prachtexemplars. Das mit seinen *Was-ist-das-doch-für-ein-bescheidenes-Krankenhaus*-Geschichten noch lange nicht am Ende ist.

„Es wurde sowieso Zeit, dass da endlich mal einer aufräumt in dem verpennten Saftladen", fährt sie ungebremst fort und lässt keinen Zweifel daran, dass dafür niemand anderes in Frage kommen kann als ein absolutes Ausnahmetalent. Also sie!

„Da brauchte ich keine Woche für, um zu checken, was da alles im Argen liegt. Allein das Pflegepersonal, ein totaler Sauhaufen. Wozu es da eine Oberschwester gibt, weiß der Teufel. Die hat überhaupt nix im Griff. Ich hab der erstmal ein paar Tipps mit auf den Weg gegeben. Und wisst ihr was, dafür ist die mir ja sowas von dankbar. Kann sie sich vor der versammelten Truppe natürlich nicht anmerken lassen, dann würde die ja keiner mehr für voll nehmen. Aber wenn man nur einigermaßen Menschenkenntnis hat, dann merkt man sowas ganz einfach."

„Aber nicht, dass du dich da übernimmst, mein Mädchen", geruht jetzt die Frau Mama sorgenvoll zu bemerken. „Du kannst dich schließlich nicht um alles kümmern."

„Das ist lieb von dir, Mami, dass du dir Sorgen machst. Aber du kennst mich doch, wenn ich sehe, dass irgendwo der Schuh drückt, dann kann ich nicht anders, dann muss ich mich ganz einfach einbringen. Aber keine Angst, ich passe schon auf."

„Du bist so ein gutes Kind", salbadert jetzt der Herr Papa, und sein erhabenes Dauergrinsen erinnert inzwischen an eine veritable Gesichtslähmung.

„Danke, Papi", entgegnet das *gute Kind*. „Aber ich sage dir, es gibt da Baustellen an jeder nur denkbaren Ecke. Ob das auf der Station ist, in der Caféteria oder in der Notaufnahme. Und selbst im OP läuft längst nicht alles rund."

„Nicht mal dort?", fragen die konsternierten Eltern unisono noch mal nach. „Aber das geht doch nicht, da wird doch im Zweifelsfall über Leben und Tod entschieden."

„Wem sagt ihr das? Also, wenn da nicht das Schweigegelübde wäre, ich könnte euch Sachen erzählen, die würden euch glatt die Socken ausziehen. Ich wundere mich jedenfalls nicht mehr, dass dieses Krankenhaus eine eigene Kapelle hat. Das sagt doch schon alles, wenn am Ende nur noch Beten hilft. Eigentlich fehlt da nur noch der eigene Friedhof."

„Um Himmels Willen", schlagen die entrüsteten Eltern die Hände vors Gesicht. „Das geht doch nun wirklich zu weit. Da muss doch mal die Behörde einschreiten."

„Nun macht euch mal keine Gedanken. Jetzt bin ich ja da, und ich denke, ich hab das da in Kürze alles bestens im Griff. Meine Mängelliste jedenfalls hab ich schon längst fertig."

„Und die bringst du dann zum Chefarzt, damit er die Probleme anpackt? Ich meine, dann sieht er doch auch gleich, was er an dir hat."

Doch dieser zweifellos gut gemeinte Vorschlag ihres Lebensabschnittsgefährten wird vehement vom Tisch gewischt.

„Mit dem alten Trottel red ich auf keinen Fall. Wenn der nicht so eine Pfeife wäre, gäbe es die ganzen Probleme doch gar nicht. Außerdem ist der total arrogant. Der hört mich doch nie an, wenn ich mal wieder was auf der Liste habe. Und das kommt ja nun beinahe täglich vor."

„So ein Banause", pflichtet die Tischrunde übereinstimmend bei. „Statt froh zu sein über dein Engagement."

„Soll er doch, mir macht das nichts. Wenn er mir nicht zuhören will, dann wende ich mich eben gleich an den Gesundheitsdezernenten. Da wird sich dann schon irgendwer kümmern. Ich hab mir sogar schon überlegt, ob ich da später nicht mal selbst anheuern sollte. Weil, dann säße ich direkt an den Schalthebeln unseres maroden Gesundheitssystems. Und könnte dem Herrn Chefarzt mal gepflegt erklären, wo es langgeht."

„Das ist sicher keine schlechte Idee. Vielleicht könntest du ja später sogar mal Gesundheitsministerin werden", fängt Mutti selig an zu schwärmen.

„Ja, vielleicht, warten wir's mal ab. Aber bis es soweit ist, muss ich halt fürs Erste noch jede Menge Basisarbeit leisten in diesem maroden Gesundheitsbunker und da kräftig ausmisten."

Mit diesen hehren Schlussworten endet das engagierte Vokalmanifest, denn die Familie hat aufgegessen und der Vater des Wunderkindes macht sich ans Bezahlen.

Bevor nun die Sippschaft die gastliche Stätte endgültig verlässt, nutze ich noch eben die Gelegenheit und spreche die junge Frau an: „Ihr Gespräch soeben hat mich sehr beeindruckt. Wäre es vermessen, wenn ich Sie um Ihren Namen bitte?"

Sie sieht mich an wie einen, der ihr gleich ein unzüchtiges Angebot machen wird. Doch ehe sie mir antworten kann, mischt sich der Herr Papa ein, der beinahe vor Stolz platzt: „Ich sehe schon, Sie sind einer, der Qualität zu schätzen weiß. Könnte es sein, dass Sie an einer Spitzen-Ärztin wie meiner Tochter Interesse haben?"

Jetzt schauen alle Vier erwartungsfroh zu mir herüber, und sie tun mir fast schon ein wenig leid, aber ich kann nun mal nicht anders.

„Ja, wissen Sie, eigentlich suche ich schon länger eine derart zupackende, engagierte Frau, die bei mir zu Hause mal kräftig aufräumt. Da ist seit Jahren nicht mehr so richtig sauber gemacht worden, und ich denke, bedarf es schon eines wirklichen Genies, das dieses Chaos ein für allemal in den Griff bekommt."

Leider kann ich über den nun schlagartig ausbrechenden Tumult nicht wirklich etwas berichten, weil nur die umgehende Flucht in die Herrentoilette mich vor körperlichem Schaden bewahren konnte. Als ich mich nach einer knappen halben Stunde wieder heraus getraut habe, war mein Essen zwar kalt geworden, ich habe es aber trotzdem in der nun wieder herrschenden Ruhe bis zum letzten Bissen genossen. Fürs Aufräumen meiner Behausung werde ich mir wohl doch jemand anderen suchen müssen.

■ ■ ■

Das Geheimnis

Es hat sicher seinen Grund, dass es auf dieser Welt Dinge und Informationen gibt, die der eine weiß, der andere aber ums Verrecken nicht wissen soll. Sowas nennt man dann ein Geheimnis. Etwas, das man einfach nicht weiter erzählt. Weil man es eben nicht darf. Oder unter großem Indianer-Ehrenwort versprochen hat. Außer, man hat es der besten Freundin anvertraut. Dann erfährt es garantiert die halbe Welt.

Nun gibt es neben diesen privaten Geheimnissen auch solche von – sagen wir mal – öffentlichem Interesse. Sie alle kennen sicher das Bankgeheimnis. Oder das Anwaltsgeheimnis. Mein spezielles Thema heute ist allerdings das Arztgeheimnis, das uns gemeinhin auch als ärztliche Schweigepflicht bekannt ist. Sprich: Es gehen keine Sau in diesem Universum meine Wehwehchen etwas an! Und auch nicht, was mir der Doc dagegen verordnet hat. Denn darüber spreche ich exklusiv mit dem Arzt meines Vertrauens. Und zwar, wie ja auch der Name schon sagt, in seinem Sprechzimmer. Und da soll es gefälligst auch bleiben.

So weit, so gut, so die schnöde Theorie. Genau so könnte es sich abspielen, wenn außer dem Doc und unsereins niemand weiter in das Spielchen involviert wäre. Wohl gemerkt: Wenn! Denn das Problem ist doch, dass so eine Arztpraxis von einer ganzen Armada dienstbarer Geister bevölkert wird. Das den Patienten in Empfang nimmt, ihn zusammenscheißt, wenn er die Gesundheitskarte oder Überweisung vergessen hat, ihm Blut abzapft oder eine Spritze verabreicht, die Urinprobe abverlangt, das Rezept ausstellt und dem Kranken einen neuen Termin verpasst.

Diese weißgekleideten Legionen haben selbstverständlich Einblick in alles, was der Chef mit dem Patienten verhackstückt hat. Und hier kommt jetzt ein Tatbestand ins Spiel, der das Ganze zu einer Mission Impossible macht: Denn je mehr Menschen von einem Geheimnis wissen, umso begrenzter ist dessen Lebensdauer. Zumindest befindet es sich in ständig steigender Gefahr, ans Licht der Öffentlichkeit gezerrt zu werden. Will sagen, mit einem Mal kennt die halbe Republik deine Krankenakte. So gesehen hättest du sie auch gleich bei Facebook oder Instagram ins Netz stellen können.

Sollten Sie meinen Ausführungen jetzt eher skeptisch gegenüber stehen, will ich Ihnen gern mit entsprechenden Beispielen die Augen öffnen. Wobei es im Grunde reichen würde, wenn Sie mal einen knappen Vormittag in einer Arztpraxis verbringen. Dann hätten sich auch bei Ihnen jegliche Zweifel im Nu verflüchtigt.

Also, ich habe soeben mein Krankenkassenkärtchen mit dem unvorteilhaften Foto am Empfang vorgelegt und anschließend im Wartezimmer Platz genommen. Hatte zwar im Vorfeld einen Termin vereinbart, weiß aber als lebenslanger Kassenpatient, dass das jetzt trotzdem dauern kann, bis ich zum großen Zampano vorgelassen werde. Ich nehme mir ein Lesemappen-Magazin und will mich gerade mit aktuellen News über den Europäischen Hochadel auf dem Laufenden halten, da schreckt mich die Stimme der blondgelockten Sprechstundenhilfe auf, die heute offenbar Telefondienst hat und sich in dieser Funktion anschickt, mit einem Krankenhaus zu telefonieren.

„Hallo, ich rufe an wegen der Frau Winkler, Anna Winkler aus Recklinghausen, Königstraße 1, … Wie? … Ach so, das Geburtsdatum … ja, das ist der 23. Mai 1952 … Was? … Ja, Zwilling, genau wie mein Mann, lustig, ne? … jedenfalls die Frau Winkler kommt doch zu Ihnen in die Internistische … ja, wegen ihrer Zyste im Unterleib … ja, blöde Sache das … jedenfalls wollte ich das nur kurz abklären, ob Sie alle Unterlagen haben … Ja, haben Sie? … schön, dann sag ich ihr, dass sie am Montag zu Ihnen kommen kann."

Das ganze Wartezimmer hat aufmerksam die Ohren gespitzt und weiß jetzt, dass Frau Winkler aus der Königstraße in Recklinghausen, geboren am 23. Mai 1952, eine Zyste in ihrem Unterleib hat, die am Montag im Städtischen Krankenhaus operiert wird. Eine durchaus interessante Information. Aber ob Frau Winkler das so recht ist? Nun gut, sie kriegt es ja nicht mit. Außer, wenn sie selbst im Wartezimmer sitzt. Wir wollen es mal in ihrem Interesse nicht hoffen.

Inzwischen hat die Blonde das Telefonat beendet und wählt erneut. Jetzt hat sie offensichtlich eine Urologische Praxis an der Strippe, denn Ihre Frage lautet: „Wie sieht es denn aus mit dem Abstrich von Herrn Nötzold? … Ja,

Herrmann Nötzold aus Herten … nee, nicht Privatpatient … *Barmer Ersatzkasse* … ja, genau der. Der Doktor will wissen, wie es mit seinem Tripper aussieht … ach was, tatsächlich? … also, wenn das seine Frau wüsste … nee, soll wohl im Puff passiert sein … oder im Betrieb … so genau weiß ich das auch nicht … na ja, ist ja auch nicht mein Problem ne? …tschüsskes."

Nein, ihr Problem ist es sicher nicht. Aber das von Herrn Nötzold, der nicht nur Läuse am Sack sondern jetzt auch noch jede Menge Mitwisser hat.

Und so setzt sich die Telefonkonferenz in der kommenden Stunde fort. Ich erfahre beiläufig von der Säuferleber des Herrn Zipfler, der Inkontinenz von Frau Windisch und dass mein Nachbar Bornemann Probleme mit den Hämorriden hat. Der arme Kerl, wer hätte das gedacht? Dann wurde ich leider zum Doc ins Sprechzimmer gerufen und musste somit schweren Herzens auf weitere Krankengeschichten verzichten.

Nachdem ich die Praxis endlich verlassen konnte, hob ich meine Augen gen Himmel und betete zum Herrgott, dass mein soeben mit Herrn Doktor besprochenes Krankheitsbild nicht das nächste sein würde, das am Telefon in Stadionlautstärke durchgehechelt wurde. Denn so viel ist doch mal klar: Meine Krankenakte gehört mir. Und sonst keinem. Ich denke, da sind wir uns einig.

■ ■ ■

Ein verstauchter Fuß ist noch lange kein Beinbruch

Es wird ja immer wieder darüber geklagt, dass gerade wir Deutschen es mit dem Besuch beim Onkel Doktor gewaltig übertreiben. Soll heißen, wo der Resteuropäer seine diversen Zipperlein lässig überspielt und nur dann eine Praxis aufsucht, wenn er mindestens ein appes Bein hat oder den Kopf unter dem Arm trägt, rücken wir Bundesbürger dem Personal medizinischer Einrichtungen schon auf die Pelle, wenn ein Tröpfchen unsere Nase verlässt oder uns der berüchtigte Furz verquer sitzt. Wobei wir nicht davor zurückschrecken, außerhalb der Praxisöffnungszeiten wahlweise die klinische Notfallambulanz oder gleich den Notarzt zu bemühen.

Nun ja, jede Nation hat halt so ihre Eigenarten. Aber ich kann Ihnen versichern, dass es wie so oft und überall auf dieser Welt auch hierzulande rühmliche Ausnahmen gibt.

Die Frau meines Freundes Eugen, die Natalie, das ist so eine. Und zwar von der Sorte, wie es sie extremer nicht gibt. Wenn man die fragt, weiß sie nicht mal, wie man das Wort ARZT überhaupt buchstabiert. Geschweige denn solche Begriffe wie Sprechstunde oder gar Arzneimittelverordnung. Der gesamte medizinische Sektor ist für sie nichts anderes als dieses vielzitierte *Böhmische Dorf*. Alle reden davon, aber keine Sau kennt es. Aber ist ja auch wurscht. Hauptsache, Sie wissen jetzt, was ich meine. Mehr Arztallergie als bei Natalie geht ganz einfach nicht.

Nun wird Sie vielleicht – und zwar mit Recht – die Frage beschäftigen, ob Natalie mit dieser Einstellung deshalb gut durchs Leben kommt, weil sie ein von Beschwerden weitestgehend verschontes Leben führt. Eins, das den Besuch beim Heil- und Pflegepersonal absolut entbehrlich macht. Und die Antwort lautet: Nein! Denn mal ehrlich, sollte es wirklich ein Wesen auf dieser Welt geben, das Zeit seines Lebens unbehelligt von jeglicher körperlicher Beeinträchtigung bleibt, dann vielleicht ein durchgeistigter Weiser im tibetanischen Hochland, der ob seiner asketischen Lebensweise stolze 102 Jahre alt geworden ist. Oder so ein Rastaman aus Jamaika, der überhaupt nichts mehr merkt, weil er ständig bis unter die Dreadlocks vollgekifft ist. Bei solchen Leuten könnte man es sich eventuell noch vorstellen. Aber nicht bei einem einfachen Mitglied der Weltbevölkerung. Und schon gar nicht bei Natalie.

Denn ich habe Ihnen zwar eingangs erzählt, dass für sie der Arzt ein unbekanntes Wesen ist. Was aber keineswegs bedeutet, dass sie nie krank wird. Dass sie sich nie unwohl fühlt. Dass sie pumpergesund ist wie ein Fisch im frischen Felsquellwasser. Das Wasser übrigens, aus dem die Firma Krombacher ihr Pils braut. Aber das ist dann doch ein anderes Thema.

Jedenfalls äußert Natalie durchaus des Öfteren deutliche Anzeichen von Missstimmungen oder Schmerzen, ja gar von mitleiderregendem Siechtum. Und macht damit durchaus deutlich, dass sie bei weitem nicht so unkaputtbar ist, wie etwa der *Terminator* oder *John McClane*, der in seinen Filmen immer nur *ganz langsam* stirbt. Es ist halt nur so, dass sie mit all ihren Beschwerden ums Verrecken keinen Dottore aufsucht.

Um das konsequent durchzuziehen, hat sie sich allerdings zwei Überlebensstrategien zugelegt. Da wäre zum einen ihr unerschütterliches Credo, dass das, was von selber komme, auch von selber wieder verschwinde. Gut, das kann man so sehen. Und es gibt auch Wehwehchen, bei denen das problemlos funktioniert. Schnupfen zum Beispiel. Oder Durchfall. Auch Kopfschmerzen oder quälende Insektenstiche. Alles nicht unbedingt ein Problem. Aber damit ist es ja nicht getan. Denn hin und wieder schlägt die bakterielle oder allergische Keule doch heftiger zu, als sich der gesundheitsliebende Mensch, vor allem aber Natalie, das vorstellen kann. Geschweige denn will. Schließlich würde damit ihre grundsätzliche Einstellung über den Haufen geworfen. Wohlgemerkt, würde. Denn das ist dann der Moment, in dem Überlebensstrategie Nummer zwei zum Zuge kommt. Die allerdings auch nur funktioniert, weil Natalie über Familie und einen veritablen Freundeskreis verfügt.

Nun wissen wir aber sicher alle, dass sowohl das eine als auch das andere nicht unbedingt immer die reine Freude ist. Dass eine anhängliche Sippschaft oder nervende Freundesschar durchaus auch zur Last werden kann. Wohlgemerkt: Kann! Denn für Natalie sind die sie umgebenden Menschen der reine Segen. Oder, um im Thema zu bleiben: Der reinste Gesundbrunnen. Zumindest, solange sie mit einer möglichst breiten Palette von Krankheiten aufwarten können. Für die sie, als die Probleme akut waren, von ihren Medizinmännern und –frauen massenweise wirksame Mittelchen verordnet bekommen haben. Die sie dann aber, wie das so oft der Fall ist, nicht bis zur letzten Pille verbrauchen mussten, um einen akzeptablen Gesundheitszustand wieder herzustellen.

Diese medizinischen Resterampen in Badezimmerschränken oder Küchenschubladen sind im Falle eigenen Unwohlseins Natalies Objekte der Begierde. Reihum telefoniert sie dann mit schmerzender Bandscheibe oder quälenden Muskelkrämpfen die ihr Nahestehenden durch, auf der Suche nach jemandem, der vor absehbarer Zeit mit ähnlichen Symptomen zu kämpfen hatte. Und ob Sie's jetzt glauben oder nicht, Sie wird ohne Ausnahme fündig. Es ist nicht mal selten, dass sie aus mehreren Angeboten gleichzeitig wählen kann. Nie mangelt es an Tabletten, Tropfen, Salben oder Dragees, die man ihr großzügig und mitleidig anbietet. Und die dann jedes Mal vollkommen ausreichen, sie voll und ganz wieder herzustellen. So dass sie weiterhin an ihrem Credo, dass ein verstauchter Fuß noch lange kein Beinbruch sei, festhalten kann.

Ich für meinen Teil bin mal gespannt, wie lange Natalie, die wie wir alle ja auch nicht jünger wird, ihrer Strategie treu bleiben kann. Ich meine, okay, selbst Gehhilfen, Bandagen oder Inkontinenzvorlagen, so sie denn von ihrem Eigentümer nicht mehr benötigt werden, lassen sich bei Freunden oder im Familienkreis mit ein wenig Glück noch auftreiben. Aber wie wird das aussehen, wenn es irgendwann einmal erforderlich werden sollte, dass ein Chirurg sein scharfes Skalpell zum Einsatz bringt? Wie sollen dann ihre Mitmenschen, so wohlmeinend und hilfsbereit sie auch sein mögen, in die Bresche springen?

Ob dann die Enkel, die just zu Weihnachten oder zum Geburtstag das Set *Der kleine Medikus* geschenkt bekommen haben, als adäquater Ersatz akzeptiert werden können? Ich könnte mir vorstellen, dass selbst Natalie da ihre Zweifel hätte. Aber warten wir's ab. Es wird der Tag kommen, da werden wir es erleben. Es ist nur eine Frage der Zeit. Darauf verwette ich meine Stützstrümpfe!

Wer schreibt, der bleibt

Der größte Segen für einen prominenten Menschen, und da lehne ich mich nicht allzu weit aus dem Fenster, ist eine schwere Krankheit. Doch, doch. Am besten Herzinfarkt, Krebs oder Schlaganfall. Oder, wenn es dafür nicht reicht, zumindest ein mittelschweres gesundheitliches Dilemma, wie zum Beispiel Leberzirrhose, Tinnitus, malade Hüfte, Schwindelanfälle, Magenkrämpfe. Zur Not reichen auch Haarausfall, Hämorriden oder Jucken im Schritt.

Nun könnte man angesichts dieser Behauptung zu der irrigen Annahme verleitet werden, es handele sich bei diesen Menschen ausnahmslos um beinharte Masochisten. Die voller Freude und Hingabe ihre körperlichen Leiden zelebrieren, als gäbe es nichts Schöneres auf dieser Welt.

Aber das ist natürlich Quatsch. So blöd ist selbst der verpeilteste Promi nicht, dass er freiwillig leidet wie ein kranker Gaul. Sind doch all diese Versehrtheiten zumeist verbunden mit Schmerzen, Angstzuständen, Bettlägerigkeiten und mitunter gar der Gefahr, sein Leben auszuhauchen.

Nun werden Sie sicher fragen, warum denn dann in drei Teufels Namen derartige gesundheitliche Missstände für diese Zeitgenossen segensreich sein sollten. Und ich will es Ihnen gern erklären.

Fakt ist nämlich, dass eine mehr oder weniger heftige Krankengeschichte den willkommenen Anlass bietet, genau diese einem Buch anzuvertrauen. Auf dass die staunende und mitfühlende Menschheit voller Enthusiasmus zugreife, um Anteil am Leid des gebeutelten Künstlers oder Sportlers zu nehmen.

Ein Buch übrigens, das im Regelfall nicht einmal von ihm selbst verfasst wurde, sondern von einem wohlmeinenden und des Formulierens mächtigen Mitmenschen. Okay, im günstigsten Fall ist der mittlerweile genese Patient zufällig selbst Journalist oder Autor. Aber das gehört dann schon zu den seltenen und glücklichen Fügungen auf dieser Welt. Sportler, Schauspieler oder Schlagersternchen müssen halt schreiben lassen.

Und mit dem, was da geschrieben wurde, lässt sich der Promi von Talkshow zu Talkshow reichen. Um dort der zuschauenden Menschheit Mut zu machen oder Trost zu spenden. Oder das Erlebte aufzuarbeiten für ein besseres Leben nach dem eben noch abgewendeten Super-GAU. Erzählt er jedenfalls immer wieder mit Hingabe und Penetranz. Dass er wahrscheinlich nur mal zurück ins Rampenlicht wollte, nachdem er schon längere Zeit nirgendwo mehr auf der Gästeliste stand, und dass er sich ganz gern auch ein paar zusätzliche Euros aufs Konto überweisen lassen will, das erzählt er nicht. Wäre ja auch wirklich zu profan.

Für all die, die ebenfalls mal wieder ein hilfreiches Buch gebrauchen könnten, um endlich der Bedeutungslosigkeit zu entkommen, die aber blöder Weise nicht mit einer glücklich beendeten Krankheit punkten können, gibt es zuhauf willkommene Alternativen. Wie sie ihr Gewicht in nur drei Monaten um satte 50 Kilo reduzieren konnten, zum Beispiel. Oder ein lebensnaher und zu Herzen gehender Bericht über die letzten Jahre, Monate und Tage mit dem dementen Oppa. Gern genommen wird auch das heroische Ende der Nasch-, Alkohol- und Nikotinsucht, das erfolgreiche Straffen von Beinen, Bauch und Po, die Probleme mit einer verwöhnten Katze oder einem renitenten Köter oder die Erlebnisse während eines Campingurlaubs mit der fünfköpfigen Familie, in der jeder einzelne zu dusselig war, ein handelsübliches Iglu-Zelt unfallfrei aufzubauen.

Auch damit lassen sich Ruhm und Reibach, TV und Tamtam machen. Und wem nicht einmal zu einem dieser gleichsam auf der Straße liegenden Themen etwas Originelles einfällt, der kann immer noch ein Kochbuch schreiben. Rezepte, die er irgendwo abpinnen kann, um sie anschließend als „von meiner über alles geliebten Omma" zu verkaufen, sollte sich selbst der größte Depp im Internet zusammensuchen können. Und sollte er dort wider Erwarten tatsächlich nicht fündig werden, kann er ja zur Not immer noch andere danach suchen lassen. Ich zum Beispiel könnte diese Aufgabe gern übernehmen. Aber mich fragt ja wieder keiner.

■ ■ ■

Ehre wem Ehre gebührt

Wer von uns kennt sie nicht, diese Ehrungen und Auszeichnungen, für die Künstler jedweder Couleur, sprich Schauspieler, Sänger und Moderatoren seltsamer TV-Sendungen, ihr letztes Hemd geben würden. Es gibt sie wie Sand am Mittelmeer und in aller Welt. Da kann das Fürstentum noch so mickrig, die Stadt noch so popelig sein, für eine zünftige Preisverleihung reicht es immer.

Wobei ganz vorn im Ranking seit jeher ohne Zweifel die Oskar-Verleihung in Hollywood rangiert. Was im Übrigen auch beweist, dass *America first* nicht erst von diesem

Präsidenten mit dem Vogelnest auf dem Schädel erfunden wurde. Das nur mal so ganz nebenbei.

Aber auch in Cannes und Monte Carlo, Venedig und Monaco, Shanghai oder London wechseln alljährlich mehr oder weniger originelle Figürchen und Pokale den Besitzer. Und selbst hierzulande muss das kunstschaffende Personal nicht auf Löwen, Bambis, Lolas sowie goldene Hennen oder Kameras verzichten. Die in Berlin, München oder Düsseldorf an Frau und Mann gebracht werden. Da darf selbstredend eine Metropole wie Marl nicht fehlen, die ja bekanntlich die Heimstatt des begehrten *Grimme-Preises* ist. Und selbst unsere geliebte Ruhrfestspielstadt mischt seit einigen Jahren kräftig mit und schickt mit dem Recklinghäuser *Hurz* eine ganz besonders heiße Nummer ins prestigeträchtige Rennen.

Was aber nun all diese Festivals, Galas und Events eint, ist das Prozedere der euphorischen Dankbekundungen, sobald die Trophäe der Gewinnerin oder dem Gewinner in die vor lauter Glückseligkeit feuchten Hände gedrückt wurde. Nie im Leben habe man mit dieser Auszeichnung gerechnet, man sei total überwältigt und könne geradezu platzen vor lauter Stolz und Dankbarkeit.

Und genau mit dieser Dankbarkeit müssen jetzt und hier und auf der Stelle all die überhäuft werden, die in irgendeiner Weise den Lebensweg des Preisträgers gesäumt haben. Und das sind eine ganze Menge. Angefangen von Mama und Papa über die Nanny, Pauker und Kollegen, die Regisseure und Drehbuchschreiber oder wahlweise Produzenten und Komponisten, Manager und Berater bis hin zum Friseur und Taxifahrer, zur Maskenbildnerin und Putzfrau. Vor allem aber selbstverständlich die Fans, die eine Kinokarte oder massenhaft CDs käuflich erworben haben.

Als Zuschauer solcher Dankes-Orgien möchte man dann jedes Mal vor Freude gleichsam dahin schmelzen, denn wer hätte gedacht, dass es auf dieser schlimmen und egoistischen Welt überhaupt noch sowas Großherziges gibt. Andrerseits überkommt einen dabei immer auch der Verdacht, dass diese Worte des Dankes an die soeben bedachten Personen so ganz spontan nicht sind und damit vielleicht gar nicht so wirklich ehrlich gemeint. Genährt wird diese Vermutung häufig noch dadurch, dass die oder der Ausgezeichnete wie zufällig einen Zettel aus Smoking- oder Handtasche zieht, um das Ganze abzulesen, auf dass er auf keinen Fall auch nur irgendjemanden vergesse.

Nun ja, die Herrschaften sind halt Profis und wissen, wie der Hase läuft im internationalen Showgeschäft. Und was nicht zu unterschätzen ist: Von diesen Koryphäen lernt der künstlerische Nachwuchs in aller Welt. Einmal eine solche Veranstaltung im TV erlebt und man ist bestens gerüstet, sollte man mal in die Verlegenheit geraten, selbst einen Preis in Empfang nehmen zu dürfen.

Bestes Beispiel dafür ist zweifellos Erwin Kosloswki. Seines Zeichens Türsteher in der Disco *Zappel-Zeche* und exakt dort von einem umtriebigen Regisseur für eine Nebenrolle im Film *Komm, geh wech, du alte Schabracke* entdeckt. In dem er sich quasi selbst spielt. Also muskelbepackter Rausschmeißer mit Sonne im Herzen. Und wie es der Deubel will, hat ihm die überzeugende Darstellung seiner selbst einen Preis für den besten Nebendarsteller eingebracht.

So steht er jetzt hier im Ruhrpott bei den Kurzfilmtagen, die so heißen, weil sie mitten im Winter stattfinden, wo ja die Tage bekanntermaßen mehr als kurz sind. Er steht hier, nachdem man ihm ein undefinierbares Figürchen in die Hand gedrückt hat, und grinst ein wenig blöde ins Gelände. Das Publikum johlt vor Begeisterung, und dann sagt der schmierige Moderator: „Na, da ist jetzt aber wohl mal ein dickes Dankeschön fällig, oder wie seh ich das?"

Erwin sieht das offensichtlich genauso.

„Jau, Leute, ich sach dann mal Danke für dieset Teil hier und sowieso für allet, nä?"

Und als der Moderator gönnerhaft feststellt: „Na also, das hätten wir dann ja auch geschafft", da fährt ihm der ansonsten eher zu Trägheit und Pragmatismus neigende Erwin mit Schmackes in die Parade.

„Ja, Moment mal, Meister, dat war doch erstmal nur der Anfang. Jetzt hälze ma schön die Luft an und lässt Onkel Erwin machen. Ich sach nur, Hollywood, wenn de verstehst, was ich mein."

„Äh, also ich …"

„Ja, nee, is klar, ich seh schon, dat du keine Ahnung hast. Wie bist du nur an diesen Job gekommen? Na, mein Problem isses nich. Also, Leute, ich bedanke mich dann mal von ganzen Herzen bei meine Mamma. Denn wenn die mich nich auffe Welt gebracht hätte, wär ich ja jetzt nich hier, is klar, nä? Und wenn ich schomma dabei bin, bedank ich mich auch bei meinen Vatta. Ich kenn den zwar nich, aber irgendwie war der bei meine Produktion ja auch beteiligt. Auch für unser Omma Hildegard an diese Stelle ein dicket Dankeschön. Hat mich schließlich immer wieder ausse Bredullje gerettet, wenn ich ma wieder

Scheiße gebaut hatte in meine junge Jahre. Und dat kam öfter vor, als et vielleicht nötich gewesen wäre. Ja, und weil mitunter auch de Omma nich mehr helfen konnte, bedank ich mich natürlich auch bei meinen Bewährungshelfer, der mich immer wieder aufen Pfad vonne Tugend geholfen hat.

Später waren dann da noch meine Trainer vonne Muckibude und mein Anabolika-Dealer, ohne die ich nich die Muckis hätte, wie ich se heute mein eigen nennen kann. Tja, dat wär et eigentlich. Oder hab ich noch wen vergessen? Ach ja, meine Kumpels Manni und Hotte, die alten Strategen, bei denen ich immer ne volle Kiste Fiege Pils vorfinde, wenn et mich danach is, die Natalie vonne Pommesbude für lecker Nackensteaks und Currywurst und natürlich mein Fußballverein für seine vergeigten Spiele am Samstach, die mich immer so aggressiv machen, datt ich abends anne Discotür so richtich zu Top-Form auflaufe. Und am Ende hat sich natürlich auch unsern Ecki allen Dank vonne Welt verdient, datt er mir den Job gegeben hat, ohne den mich der Macker vom Film ja nich entdeckt hätte."

„Äähh", mischt sich nun wieder der Moderator ein, „war's das jetzt?"

„Jau, ich denk schon … oder nee, wart mal, die Leute vonne Jury, die mich diesen Preis hier verpasst haben, wat auch immer dat fürn Teil sein soll. Aber egal, Leute, eine Super Wahl, ährlich, ich hätt mich auch genommen. Und wenn ihr Filmfritzen mal wieder einen echten Helden brauchen könnt, ich meine, *Schimmi* is ja nun tot und der Terminator im Altersheim, also, ihr wisst ja, wo ihr mich findet.

So, und jetzt is genuch gedankt. Ich hoffe, et gibt hier gleich 'n anständiget Büffett. Ich kann euch sagen, quatschen macht hungrig. Und Leute, eins will ich euch noch mit aufn Weg geben: Wenn ich dat nich schon wär, würd ich glatt sagen, ihr seid die Größten. Aber man kann eben nich allet haben im Leben. In diesem Sinne."

■ ■ ■

Das Leben im Abspann

Viele unserer Mitmenschen klagen darüber, man bringe ihnen und ihren Leistungen zu wenig Respekt entgegen. Sie bekämen für das, was sie tun, einfach nicht die Anerkennung, die angemessen sei. Nun, das mag man im Falle von Leinwandstars und Fußballprofis eher ganz anders sehen. Aber im Großen und Ganzen kommt man doch nicht umhin, dieser Klage zuzustimmen. Wenn nicht gar sich ihr anzuschließen.

Denn mal ehrlich, geht es uns nicht oft ganz genau so, dass man unsere Arbeit, unser Engagement, dieses ganze Sich-den-Allerwertesten-aufreißen nicht so würdigt, wie wir es verdient hätten? Dass man alles für selbstverständlich nimmt, was wir tagtäglich so alles abliefern? Dass oft nicht mal registriert wird, dass wir und nicht irgendsonstwer ein bestimmtes Projekt zu einem erfolgreichen Ende gebracht haben? Was das betrifft, so führen wir doch fast alle ein Leben in absoluter Anonymität.

Das ist insofern ungerecht, als dass es Mitmenschen gibt, die in dieser Hinsicht weitaus privilegierter sind. Und damit meine ich definitiv nicht die eingangs bereits erwähnten Filmsternchen und Berufskicker. Denn ich rede hier von all den Leuten, die ihre Brötchen in der Film- und Fernsehbranche verdienen. Die daran beteiligt sind, wenn ein Film gedreht oder eine TV-Show produziert wird. Sollten Sie selbst auch nur einmal in ihrem Leben im Kino oder vor der Flimmerkiste gesessen und dabei bis zum Abspann durchgehalten haben, dann werden Ihnen diese Unmengen an Tätigkeiten und Namen aufgefallen sein, die da noch zehn Minuten nach Filmende über Leinwand oder Bildschirm flimmern.

Und da wird nun wirklich überhaupt keiner ausgelassen. Ganz gleich, wer da wem was gekocht oder die Schuhe geputzt oder eine Autotür aufgehalten hat, er wird an dieser Stelle nicht vergessen. Man erweist ihm für das, was er da beigetragen hat, einen Respekt, den unsereiner nie im Leben auch nur ansatzweise erfahren wird.

Okay, ich gebe gern zu, dass die meisten von uns das Ende dieses Abspanns gar nicht mehr wahrnehmen. Zu Hause wird das TV-Gerät in aller Regel umgezappt, kaum dass der Mörder ermittelt oder das Happy End per Zungenkuss vollzogen wurde. Und im Kino stürmen die meisten schon Richtung Ausgang, obwohl es in der Filmvorführbude noch stockdunkel ist. Wundere mich jedes Mal, dass sich da keiner auf der Treppe die Haxen bricht. Das wär ja nach einem eher langweiligen Film wenigstens noch ein versöhnliches Ende. Leider ist das aber bislang noch nie passiert. Und soll uns auch gar nicht weiter interessieren. Denn darum geht es jetzt und hier ja gar nicht.

Also zurück zum Abspann. Und da denken wir uns mal, dass da vielleicht Erwin Müller mit seiner Frau im Parkett sitzt, der bei dem just zu Ende gegangenen Film die massenhaft angefallenen Pizzakartons entsorgt hat.

Geduldig hocken die beiden im mittlerweile verlassenen Kinosaal und lassen die schier endlos scheinende Liste von Namen an ihren Augen vorbeilaufen. Und als er dann endlich kommt, der Erwin Müller, als *Food-Service-Assistant* an Position 386, da sagt seine Frau strahlend: „Ich bin ja so stolz auf dich", und voller Glück und Zufriedenheit verlassen die Beiden händchenhaltend das Lichtspieltheater.

Das sind sie, diese Geschichten, wie sie nur das Leben schreibt. Und die uns mehr als deutlich vor Augen führen, wie wichtig diese Gesten der Anerkennung für die Menschheit sein können. Warum aber, so frage ich Sie, lassen wir diese Anerkennung nicht auch all den hilfreichen und dienstbaren Geistern zukommen, die nicht im cineastischen Gewerbe tätig sind? Es wäre doch so einfach, dies in die Tat umzusetzen.

Nehmen wir mal an, Sie waren beim Zahnarzt. Der vollkariöse Backenzahn wurde eliminiert, ein edles Ersatzteil aus Porzellan mittels Schraubvorrichtung an seine Stelle eingepflanzt und dem zukünftigen kraftvollen Zubeißen steht nichts mehr im Wege. Was spräche dagegen, wenn zusammen mit der Rechnung ein Kärtchen ausgehändigt würde, auf dem steht: *Das war Ihre Zahnbehandlung, vollzogen von folgenden Teilnehmern in der Reihenfolge ihres Auftritts: Anmeldung Gesine Heidenreich, Zahnarzt Dr. Ekkehard von Bohr, Assistentin Floriane Glück, Labor Karl-Heinz Bornemann, Buchhaltung Gisela Sparefroh und Putzfrau Carola Besenrein.* Einer muss ja schließlich auch den Dreck wegmachen, und warum sollte man nicht erfahren, wer das war? So ist an alle gedacht, hier kommt keiner zu kurz, und der geneigte Patient ist bestens informiert, wer sich da alles um seinen Zahnersatz verdient gemacht hat.

Genau so könnte es auch im Metzgerladen ablaufen. Sie haben Ihr Thüringer Mett und ein Kilo Nackenbraten in der Tasche, da legt Ihnen die ebenso resolute wie freundliche Fleischfachverkäuferin einen Zettel auf die Theke. Und Sie lesen voller Interesse: *Es bediente Sie Alma Hoppe unter tatkräftiger Unterstützung ihrer Kolleginnen Edelgard Mücke und Gerda Geröllheimer. Das Fleisch stammt von der Sau Luise, gemästet vom Bauern Heinrich Pumpernickel, im Schlachthof zerlegt von Gisbert Kiesewetter und anschließend verwurstet von Metzgermeister Hanno Schweinebauch.* Da denkt sich der Kunde „Ja, schau mal einer an, wer hätte das gedacht?", und das Mettbrötchen schmeckt einem gleich nochmal so gut. Sie sehen schon, wie einfach es ist, anderer Leute Arbeit zu würdigen und ihnen Respekt zu zollen. Da vergibt man sich nichts bei und alle sind zufrieden.

Ich habe mir übrigens überlegt, auch Ihnen, liebe Leserinnen und Leser dieser Geschichte, auf diese Art und Weise Aufklärung zukommen zu lassen. Denn was dem Metzger Recht ist, kann dem Autor nur billig sein. Also: *Diesen Text schrieb Ihnen Wilfried Besser unter kreativer Mithilfe diverser Brauerei-Erzeugnisse und Erdnüsse aus dem Hause Ültje, sowie mehrerer Tüten MMs, die aus der gelben Packung mit den Erdnüssen drin, und zwei bis drei Tafeln Zartbitter-Schokolade mit 70 % Kakao. Die wurde geschrieben auf einem Laptop von Dell und gespeichert auf einer Seagate-Festplatte. Maßgeblichen Anteil, das wollen wir nicht unterschlagen, hat zudem meine Ehefrau, die mir immer wieder motivierend unter die Arme griff, zum Beispiel mit Aussagen wie: „Ich hoffe, du wirst endlich mal fertig, damit du mir im Garten zur Hand gehen kannst."*

So, jetzt wissen Sie Bescheid. Bei meinen anderen Geschichten gilt im Großen und Ganzen ähnliches. Es könnte allerdings sein, dass die MMs und die Schokolade ersetzt wurden durch ein halbes Kilo Fleischwurst mit Knoblauch. Oder eine ofenfrische Thunfisch-Pizza. Aber mal ehrlich, das sind am Ende ja nun wirklich Kleinigkeiten. Man muss ja nun auch nicht alles gleich auf die Goldwaage legen.

■ ■ ■

Nichts als die Wahrheit

Sind wir doch mal ehrlich: In Wahrheit ist das mit der Wahrheit so eine Sache. Auf der einen Seite wird schon den Kröten von Kleinkindesbeinen an eingebläut: Wer lügt, der kriegt 'ne schwarze Zunge. Und der Volksmund, der ja bekanntlich alles weiß, behauptet sogar, Lügen hätten kurze Beine. Das kann man glauben, muss man aber nicht. Denn andrerseits, und das wissen wir doch alle, nehmen wir es selber mit der Wahrheit bei weitem nicht immer so genau. Vielleicht, weil sie uns unangenehm ist. Oder wir sie gar nicht wissen wollen. Immerhin wurde in früheren Zeiten der Überbringer einer unliebsamen Wahrheit schon mal kurzerhand um die Ecke gebracht. Und wer will das schon? Da hält man doch lieber die Klappe, eh man am Ende ein solches Ende nimmt.

Wenn einer in dieser Hinsicht auf leidvolle einschlägige Erfahrungen verweisen kann, dann Bruno Möhlmann. Und das nicht etwa, weil er durch seine Wahrheitsliebe vielleicht irgendjemandem Schaden zugefügt hätte. Gott bewahre. Er hat lediglich im Kollegenkreis unvorsichtiger Weise folgenden Satz fallen lassen: „Was bin ich froh, wenn der Arsch endlich weg ist!" Mehr nicht. Aber auch nicht weniger. Vor allem aber: Zutreffend! Denn er wusste ganz genau, dass alle anderen seiner Meinung waren. Nur laut gesagt hat es keiner. Außer ihm. Jedenfalls hat er nur das zum Besten gegeben, was alle dachten. Einer muss es ja schließlich machen.

Aber wie das so ist im Arbeitsleben, es dauerte nur einen Vormittag, und der halbe Betrieb wusste Bescheid. Und nicht nur das, auch Korte, seines Zeichens Vorstandsvorsitzender, hat sozusagen – Achtung, kalauerndes Wortspiel – in Windeseile Wind von der Sache bekommen. Und den armen Möhlmann mal eben zur persönlichen Audienz geladen.

Und so sitzt die arme Socke jetzt in Kortes Refugium, um sich einen Einlauf erster Klasse verpassen zu lassen. Allerdings wäre Korte nicht Korte, wenn er jetzt die ultimative Keule rausholen würde. Er ist eher einer, der die Dinge bei aller Konsequenz so subtil wie möglich erledigt.

Er mustert Möhlmann nachdenklich und sagt dann, mehr mitleidig als vorwurfsvoll: „Tja, Möhlmann, das ist eine dumme Sache."

Möhlmann nickt schuldbewusst, hält ansonsten aber lieber die Klappe. Gesagt hat er schließlich vorher schon genug.

„Sie bestreiten also nicht", fährt Korte fort, „dass Sie den Kollegen Fritsche einen … ääh …Arsch genannt haben?"

Nun muss man wissen, dass Fritsche eines von fünf Vorstandsmitgliedern und zuständig für den Außendienst ist. Außerdem wird er in acht Monaten in Rente gehen.

Möhlmann, ehrlich wie er nun mal ist, antwortet wahrheitsgemäß: „Da Sie es ohnehin schon wissen: Ja, das habe ich so gesagt."

Was wiederum Korte zu einem gequälten Kopfschütteln veranlasst und folgenden Dialog zur Folge hat:

„Möhlmann, Möhlmann, ich hätte Sie wirklich für klüger gehalten. Ihnen ist doch wohl klar, dass Sie sich mit solchen Äußerungen um Kopf und Kragen reden?"

„Aber ich …"

„Sie müssen sich jetzt nicht rechtfertigen. Das macht das Ganze auch nicht mehr ungeschehen. Sie wissen, dass ich Sie durchaus schätze. Aber ich kann das doch jetzt nicht einfach unter den Teppich kehren und so tun, als sei nichts passiert. Es wird Konsequenzen geben müssen, das werden Sie sicher verstehen. Ich werde darüber nachdenken und mich mit den Kollegen abstimmen."

„Ja, das sehe ich ein. Aber vielleicht könnten Sie …"

„… mich für Sie verwenden? Ich fürchte, da sind mir die Hände gebunden. Aber ich versichere Ihnen, es täte mir leid, wenn wir Sie verlieren würden."

Mit diesen Worten erhebt er sich und erklärt damit unausgesprochen das Gespräch für beendet. Möhlmann bleibt nichts weiter übrig, als sich ebenfalls aus dem weichen Ledersessel zu schälen und sich von Korte zu verabschieden.

„Wie auch immer Sie entscheiden, ich werde mich dem wohl oder übel fügen müssen."

Die Feststellung, nur das geäußert zu haben, was in der Firma ohnehin alle denken, verkneift er sich. Man muss ja nicht unbedingt weiteres Öl ins Feuer gießen.

Auf dem Weg durchs Vorzimmer hört er soeben noch, wie Korte seine Sekretärin über die Gegensprechanlage anweist: „Bäumler, bereiten Sie für Möhlmann eine Abmahnung vor. Das sollte reichen. Es fehlt noch, dass wir wegen dem Fritsche unsere besten Leute verlieren. Sie glauben ja gar nicht, wie froh ich bin, wenn der Arsch endlich weg ist."

■ ■ ■

Ein Mann für alle Fälle

Wer kennt sie nicht, diese Männer, die in ihrem Leben aber auch gar nix auf die Reihe kriegen. Die mit allem scheitern, ganz gleich, was sie auch anpacken. Arme Kerle, irgendwie. Aber bevor wir jetzt in allzu heftiges Mitleid verfallen, wollen wir nicht vergessen, dass es ja auch die anderen gibt, die genau entgegengesetzte Spezies von Männern. Die stets alles im Griff haben. Die wissen was sie wollen. Und die durch nichts zu erschüttern sind.

Eines dieser Musterexemplare ist Axel Hecht. Einer, der es geschafft hat. Dem man Vertrauen entgegenbringt. Dem man gern eine Aufgabe anvertraut, weil man ganz genau weiß: Axel wird's schon richten. Er wird alles geben und uns nie und nimmer enttäuschen.

Auf diese Weise ist er an zahlreiche ehrenamtliche Jobs geraten, die zwar seine Zeit beanspruchen, ihm aber nie oder nur selten eine Last sind. Er führt die Kasse beim Roten Kreuz und die Geschäfte beim Kunstverein. Er trägt die Ehrenmütze des örtlichen Karnevalsclubs und die Verantwortung bei den Fotofreunden.

Die Fähigkeiten dieses Multitalents haben sich selbstverständlich auch in der Firma herumgesprochen, in der er seit 20 Jahren engagiert und erfolgreich tätig ist. Wenn dort jemand gesucht wird, der das Haus beim Torwandschießen oder beim Basketball-Weitwurf vertritt, fragt man Axel Hecht. Sofern er sich nicht schon längst freiwillig gemeldet hat. Und es ist sicher unnötig zu erwähnen, dass er Mitglied der Betriebssport-Gruppen für Tennis, Golf und Kegeln ist. Und wenn ein Fußballspiel gegen das Finanzamt ansteht, führt er selbstverständlich das Team aufs Feld.

Er ist stets zur Stelle, wenn er gebraucht wird, zuverlässig und pflichtbewusst, und hat sich so den Respekt seiner Kollegen erworben. Probleme, so scheint es, gibt es in seinem Dunstkreis nicht. Und wenn doch, dann gilt seit jeher: Immer mit der Ruhe, der Hecht, der macht das schon!

Er gilt als belastbar, als einer, der vielleicht nicht alles bis ins Letzte beherrscht, was er in Angriff nimmt, diesen Makel aber aufgrund seines unerschütterlichen Selbstbewusstseins locker überspielt.

Auch in der Führungsetage schätzt man Hechts Engagement. Hat er doch nicht selten seinen Chefs den Rücken frei- und seinen dafür hingehalten. Dass man ihn hier vielleicht eher für einen nützlichen Idioten hält, ist zweifellos nichts weiter als ein bösartiges Gerücht.

Für heute Nachmittag hat Axel Hecht mal wieder einen Termin beim Vorstand. Es lässt sich unschwer erahnen, dass größere Aufgaben auf ihn warten. Und dem ist auch so. Haben sich doch vor exakt einer Stunde die Geschäftsführer Haller und Oertel zum Meinungsaustausch getroffen, an dessen Ende Haller zu Oertel sagte:

„Hast du was, du wirkst schon die ganze Zeit so bedrückt?"
„Ich hab eigentlich nichts, kann aber gut sein, dass ich in acht Monaten was habe."
"Gratuliere, und wie geht's deiner Frau?"
"Der geht's gut, sie weiß ja noch nichts. Aber wenn sie's erfährt, kannst du mir gratulieren, wenn ich das überlebe."
"Ich verstehe nicht ..., du hast doch nicht etwa ...?"
"Doch, hab ich."
"Und mit wem?"

"Mit der Nerlinger, der Blonden aus dem Außenhandel."

"Holla, Geschmack hast du, aber bei deiner Stellung ..."

"Weiß ich auch, verstehe auch nicht, wie's dazu kommen konnte, aber wenn das hier die Runde macht, bin ich erledigt."

"Und die Nerlinger?"

"Will's unbedingt kriegen. Wünscht sich angeblich schon lange ein Kind. Ich würd ja auch sorgen für den Kurzen, aber ich darf doch nicht der Pappi sein ..."

"Da hast du echt ein Problem."

"Wem sagst du das."

"Dir, aber ich denke, das ließe sich elegant aus der Welt schaffen."

"Und wie?"

"Nun ja, wenn vielleicht ein anderer..."

Oertel hat langsam seinen Blick vom Teppichboden gelöst und Haller angesehen, erst ungläubig, dann begreifend, um am Ende erleichtert festzustellen:

"Das könnte klappen."

"Was heißt könnte, es wird, mein Lieber, es wird! Es heißt doch nicht umsonst: Der Hecht, der macht das schon. Und ich garantiere dir, der Blödmann wird uns nicht enttäuschen."

■ ■ ■

Der Aushilfskellner

Hauptsache gesund und die Frau hat eine geregelte Arbeit! Wer kennt sie nicht, diese Weisheit, die eine stabile Lebensgrundlage bildet für gewisse männliche Zeitgenossen, die einer regelmäßigen Tätigkeit eher ablehnend gegenüber stehen?

Aber, und damit sei an dieser Stelle eine Lanze gebrochen für all die andersdenkenden Männer, es gibt selbstverständlich auch ganze Legionen von Musterexemplaren, die gewillt sind, die Ärmel hochzukrempeln und höchstpersönlich Hand anzulegen. Und sei der Job auch noch so hart.

Ein solches mannhaftes Beispiel ist Heinz Ellermann, seines Zeichens Kellner, der sich soeben anschickt, eine Anstellung in einem regionalen gastronomischen Unternehmen zu ergattern. Er betritt die Kneipe und grüßt den Wirt, der hinter der Theke Gläser poliert, mit einem forschen: „Tach!"

„Ja, schönen guten Tag, was kann ich denn für Sie tun?", fragt dieser höflich, aber doch mit vorsichtiger Zurückhaltung.

„Ja, wat heißt hier tun? Ich wollt mich bei Ihnen vorstellen."

„Schön, dann machen Sie das doch", sagt der Wirt, nun schon etwas freundlicher.

„Ja, wie, machen?" fragt Heinz Ellermann einigermaßen verunsichert.

„Ich denke, Sie wollen sich vorstellen. Dann nennen Sie mir doch mal einfach Ihren Namen."

„Ach so, ja, nee, also, heißen tu ich Ellermann. Heinz Ellermann. Aber ich wollt mich bei Ihnen als neuer Aushilfskellner vorstellen."

„Sagen Sie das doch gleich. So, so, als Aushilfskellner wollen Sie hier arbeiten."

„Von arbeiten hab ich nix gesagt", entfährt es Heinz Ellermann ganz spontan.

„Aha, ein echter Witzbold", stellt der Wirt amüsiert fest. „Na, meinetwegen. Wenn die Gäste dafür mehr trinken, soll es mir recht sein. Aber wie sieht es denn mit Referenzen aus?"

Heinz Ellermann versteht nicht ganz. „Also, Referenzen brauch ich keine, ich seh ja, wen ich vor mir habe."

„Ich muss doch sehr bitten …", entrüstet sich der Wirt.

„Immer mit der Ruhe, war ja nicht böse gemeint. Aber is doch so: Man kommt ja nicht mit jedem klar."

„Ist das so?", fragt der Wirt, der sich immer noch nicht so ganz beruhigt hat.

„Ja, das is so. Ich geb' Ihnen mal ein Beispiel: Bei meiner letzten Stelle bin ich gleich am ersten Abend zwei Stunden zu spät gekommen."

„Ach was", kommt der Wirt nicht umhin festzustellen.

„Ja, nu, sowas kommt vor. Jedenfalls sagt da doch der Wirt zu mir: Ich an Ihrer Stelle wär ja schon gar nicht mehr gekommen. Und ich: Tja, guter Mann, Sie haben eben auch kein Pflichtbewusstsein."

„Sie können doch nicht …", versteht der Wirt die Welt nicht mehr.

„Hätt ich auch besser nicht. Aber ich konnt doch nicht ahnen, dass der Mann keinen Humor hat. Jedenfalls war ich den Job schneller wieder los, als ich ihn gekriegt hatte."

„Kann ich mir denken."

„Deshalb bin ich ja auch heute hier. Muss ja weitergehen, ne?"

„Bevor Sie hier anfangen können, müsste ich allerdings noch wissen, wie es um Ihre Berufserfahrung steht. Erzählen Sie doch mal ein bisschen, was Sie so erlebt haben", fordert der Wirt Heinz Ellermann auf, und dieser legt auch umgehend los.

„Na ja, ich hab da mal inner Kneipe gearbeitet, da war der Wirt sein bester Kunde. Der soff nur bei zwei Gelegenheiten: Wenn es regnete und wenn es nicht regnete. Nach drei Stunden fing der immer an, auf dem Klavier zu spielen."

„Und, war er gut?", will es der Wirt genauer wissen.

„Ich sag ma so: Wenn der gespielt hat, mussten wir das Pils zum halben Preis verkaufen. Sonst wär die Bude leer gewesen."

„Tja, Sachen gibt's. Aber Sie reden hier immer nur von den Wirten. Mich würd ja mehr interessieren, wie Sie mit den Gästen klar kommen."

„Och, im Großen und Ganzen ganz gut. Wirklich. Solange man mir nicht blöd kommt." Heinz Ellermann ist die Ruhe selbst.

„So, so."

„Ja, ich hatt da mal einen, den hab ich gefragt, ob er zufrieden war, da sagt der mir doch glatt, er hätt schon mal besser gegessen."

„Und was haben Sie dem geantwortet?"

„Nun, ich als wahrheitsliebender Mensch sag ihm: Aber ganz bestimmt nicht bei uns."

„Na, hören Sie…"

„Ja, Moment, geht ja noch weiter. Der kriegt sich gar nicht mehr ein und motzt drauf los, von wegen, das Essen wär'n Schlangenfraß, die Bedienung schlampig und die Preise absoluter Wucher."

„Au Mann, das ist starker Tobak", muss sogar der Wirt zugeben.

„Sicher, aber ich bleib ganz ruhig und sag nur: Na, Hauptsache, sonst war alles in Ordnung."

„Sie sind mir 'ne Marke", schüttelt der Wirt den Kopf, kann sich aber ein Grinsen nicht verkneifen.

„Ich sag immer: Leben und leben lassen. Und 'n offenes Ohr für die Leute. Da war mal einer, der guckte total trübe aus der Wäsche. Und ich frag ihn, warum er so traurig wär. Da sagt der: Meine Frau hat beschlossen, einen Monat nicht mit mir zu reden. Und wie ich ihn trösten will und zu ihm sage: Das ist doch nicht so schlimm, das geht vorbei, da sagt der: Ja, leider, dat is genau heute."

„Jau, der ist gut", muss auch der Wirt neidlos anerkennen.

„Na ja, bisschen Spaß muss halt mal sein. Schließlich sind die Gäste ja mitunter auch nicht ohne. Da war mal einer mit nur einem Arm, dem hab ich, hilfsbereit wie ich bin, das Kotelett geschnitten. Blöder Weise bin ich mit dem Messer kleines bisschen abgerutscht und hätt den um ein Haar verletzt. Und wie der mich noch anbölkt, ob ich nicht aufpassen könnte, da kommt der mir irgendwie bekannt vor. Also, frag ich ihn, ob ich ihn schon mal bedient hätte. Und was antwortet der Knabe: Nicht, dass er wüsste, den Arm hätter anner Kreissäge verloren. Das muss man sich mal vorstellen!", kann Heinz Ellermann seine Entrüstung nicht verbergen.

„Ja, ich sag immer: Sachen gibt's, das glaubt einem kein Mensch. Aber ich merk schon, dass Sie mit allen Wassern gewaschen sind. Sowas brauch ich hier in meinem Laden. Also, wenn Sie wollen, können Sie sofort anfangen. Dann kann ich mir selbst ein Bild davon machen, wie Sie mit den Gästen so klarkommen, die hier bei mir verkehren. Und ich sag Ihnen, die sind auch nicht immer ohne."

„Kein Problem, Chef, lass den Heinz mal machen. Schließlich ist mein Motto: *Wenn Sie auch einen Stuhl wollen, dürfen Sie nicht nur einen Tisch bestellen!* In diesem Sinne, Augen zu und durch. Wird schon schief gehen ...."

◼ ◼ ◼

Ich wär so gerne mitgeflogen

Sie sind verdammt schmerzlich, diese Momente, in denen wir uns von einer schönen Illusion verabschieden müssen. Obwohl, dass es eine Illusion war, wissen wir ja häufig erst dann, wenn man sie als solche entlarvt hat. Aber wir wollen uns an dieser Stelle nicht mit Nebensächlichkeiten aufhalten. Dafür ist das Thema, bei dem es sich immerhin um gewisse Enttäuschungen in unserem Leben handelt, viel zu ernst.

Damit Sie wissen, wovon ich eigentlich rede, will ich Ihnen ein kleines Beispiel geben. Also, jahrelang habe ich voller Sehnsucht den Fliegern hinterher geschaut, die silberglänzend in der untergehenden Abendsonne den Himmel über unserem Garten durchpflügten. Voller Sehnsucht deshalb, weil ich nur zu gern mitgeflogen wäre zu all den aufregenden Zielen, zu denen diese erhabenen Fluggeräte unterwegs waren.

Des Nachts hatte ich sogar heiße Träume, in denen mir hübsche Stewardessen mit einem betörenden Lächeln die mit einer leckeren Mahlzeit gefüllte Aluschale auf das Klapptischchen vor mir stellten, mich nach meinem Getränkewunsch fragten und mir einen guten Appetit wünschten. Anschließend stülpte ich mir schlecht sitzende Kopfhörer über beide Ohren, um auf einem Miniaturbildschirm einen ruckelnden Film zu verfolgen, bis ich mit einem seligen Grinsen im Gesicht völlig entspannt meinem Reiseziel entgegen dämmerte.

Dass ich nie wirklich mitgeflogen bin, muss ich sicher nicht ausdrücklich erwähnen. Aber, was bislang noch nicht war, konnte ja immer noch werden. Zumindest bis ich kürzlich meinem Freund Harald von meinen Fliegern und meiner Sehnsucht erzählt habe, weil mir in dem Moment einfach danach war, nachdem ich das Ganze viele Jahre lang für mich behalten habe. Warum mir ausgerechnet in dem Augenblick danach war, weiß ich bis heute nicht so genau. Und vielleicht wäre es besser gewesen, wenn mir nicht danach gewesen wäre. Aber hinterher ist man immer schlauer.

Als ich nämlich mit verklärtem Blick erzählt habe, was mir beim Anblick der Flieger so durch den Kopf geht, hat der gute Harald mich eine Weile erst nachdenklich, dann mitleidig angesehen und dann zu mir gesagt: „Ich kann euch so gut verstehen, dich und deine Sehnsüchte, aber weißt du, wo dein Problem ist? Die Flugzeuge, die in dieser Gegend über den Himmel kreisen, die befinden sich allesamt in der Warteschleife für Düsseldorf, weil es dort auf dem Flughafen immer so voll ist. Das bedeutet, sie sind immer nur auf dem Rückflug und zwar kurz vor der Landung. Das wiederum bedeutet, Urlaub finito, Reiseziel ist die seit zwei Wochen ungelüftete Zweieinhalbzimmerwohnung und spätestens übermorgen heißt es dann wieder Rheinland statt Thailand, Drehbank statt Sandstrand oder Bürostuhl statt Swimmingpool. Und jetzt erzähl mir nicht, dass du von sowas heiße Träume kriegst."

Da war er dann, der Boden der Tatsachen, hart und brutal und miles & more entfernt von den silberglänzenden Urlaubsfliegern am Himmel.

Und was lernen wir daraus? Vielleicht, dass Wissen Macht ist, und einem so manche Enttäuschung ersparen kann. Will sagen: Wer sich auskennt und weiß, dass der Flieger nicht gerade gestartet ist, sondern in Kürze schon wieder zu Hause landet, der kann seine Sehnsüchte auf andere Dinge projizieren. Und vielleicht das Glück haben, dass eine solche Sehnsucht sich auch mal erfüllt.

Wahrscheinlich wird mir nichts anderes übrig bleiben, als meine abendlichen Flugobjekte mit völlig anderen Augen zu sehen und künftig die armen Würstchen zu bemitleiden, die an Bord dieser Maschinen ihr Urlaubsende beweinen. Ich könnte mir aber auch Haus und Garten in einer Gegend suchen, die sich unmittelbar im Startbahnbereich eines Flughafens befindet. Denn dort wäre es vielleicht ein wenig lauter aber, und nur das zählt, das Großraumgeflügel befände sich garantiert auf dem Weg in die Urlaubsparadiese und nicht auf dem in den grauen Alltag. Ich glaube, es würde durchaus lohnen, einmal ernsthaft drüber nachzudenken.

■ ■ ■

Die Sympathie des Oberkellners

Weil Urlaubstage rar sind, haben wir ein gesteigertes Interesse daran, dass sie so perfekt wie möglich ausfallen. Wobei die meisten von uns wahrscheinlich ganz ähnliche Präferenzen haben, was perfekte Urlaubstage ausmacht: Schönes Wetter, bequeme Betten, leckeres Essen, gründliche Putzfrau. Auch eine gut bestückte Bar mit fähigem Cocktailmixer kann zur Perfektion ein gehöriges Maß beitragen. Das entscheidende Kriterium für einen Urlaub der Extraklasse ist jedoch das Verhältnis zum Oberkellner unseres Hotels. Dem Gebieter über unseren Speisesaal. Dem Herrscher über das gesamte Heer des Bedienungspersonals. Wie dieser Mann uns begegnet und behandelt kann über Wohl und Wehe unserer kostbaren Ferienzeit entscheiden.

Vielleicht ist dies auch der Grund, warum selbst gestandene Männer und aufrechte Damen, die nichts im Leben erschüttern kann, keine Skrupel haben, sich nach allen Regeln der Kunst an den Mann heran zu schleimen. Seine Nähe zu suchen. Eine Geste oder ein Wort der Zuwendung von ihm zu erhaschen.

Da geht es mitunter zu wie auf einem Hühnerhof mit 100 läufigen Hennen und nur einem Hahn. Oder wie bei einer Autogrammstunde mit Justin Bieber und einer Horde zahnspangentragender Teenies. „Hallo, hier bin ich! Sieh mich an und sprich mit mir! Ich bin schöner, besser, großzügiger als alle anderen." Im Grunde fehlen nur noch hochgehaltene Pappschilder und Transparente mit flehentlichen Appellen wie „Nimm mich, du wirst es nicht bereuen!" oder „Herr Ober, ich will ein Kind von dir!" Es gibt nun mal Dinge und Situationen auf dieser Welt, da ist sich der Mensch für gar nichts zu schade. Nicht mal für dererlei tiefgreifende Peinlichkeiten. Was zählt ist einzig und allein der Erfolg. Und sonst nix!

Wer jetzt nicht zu diesen notorischen Hoppla-jetzt-komm-ich-Vertretern gehört, dennoch aber nach der Aufmerksamkeit dieses gefragten Mannes lechzt, steht natürlich per se erstmal auf verlorenem Posten. Denn mal ehrlich, wie soll man in diesem Haifischbecken eine echte Chance bekommen? Wo doch selbst von den nervigen Draufgängern nicht jeder wie gewünscht zum Zuge kommt.

Da muss man dann irgendwann eine richtungsweisende Entscheidung treffen. Entweder, man kann damit leben, dass der Zerberus im weißen Hemd und roter Weste einen permanent übersieht und praktiziert fortan eine gepflegte Leck-mich-am-Arsch-Haltung. Damit ist das Thema ein für alle Mal durch. Oder man ärgert sich über den ignoranten Sack, der mit den anderen Gästen die Welle macht, uns aber nicht mal einen wohlwollenden Blick gönnt. Oder, noch schlimmer, man leidet still aber heftig und wünscht sich nichts sehnlicher, als dass er uns, und sei es nur für Sekundenbruchteile, ein kleines Stück seiner Aufmerksamkeit schenkt.

In beiden letzteren Fällen ist man natürlich von Herzen dankbar für jeden Anflug von Zuneigung. Selbst wenn wir uns diesen vielleicht auch nur einbilden sollten. Schließlich ist Einbildung auch 'ne Bildung, nicht wahr? Und mal ehrlich, kann doch gut sein, dass er da soeben mal kurz zu uns hergesehen hat. Und war da nicht vielleicht sogar ein Lächeln mit im Spiel? Und ein kurzes Kopfnicken? Und dieses „Hola", das galt doch sicher nicht nur unseren Tischnachbarn, sondern ein bisschen auch uns. Oder etwa nur uns ganz allein? Nicht auszudenken, der absolute Oberhammer!

Nun wird es Sie nicht sonderlich überraschen, wenn ich Ihnen sage, dass wir genau zu dieser soeben beschriebenen Spezies gehören. Die vom ersten Tag an auf verlorenem Posten stehen, während sich das halbe Restaurant in der Gesellschaft des Oberkellners suhlt. Das ist unser Urlaubsschicksal, seit Jahren schon. Und das war auch in unserem letzten Urlaub nicht anders. Wie sollte es auch? Jedenfalls hat sich die Kanaille durchs Gelände geschäkert wie ein balzender Gockel und uns gleichermaßen konsequent wie hinterhältig ignoriert.

So schoben wir denn unseren gewohnten Urlaubs-Blues und spülten uns den Frust, so gut es ging, an der Bar von der Seele. Bis zu diesem denkwürdigen Abend nach genau einer Woche unseres quälenden Aufenthaltes. Halbgott Oberkellner, normaler Weise nicht mit profanen Service-Aufgaben beschäftigt, stieg vom Dirigenten-Olymp herab und legte höchstpersönlich Hand an. Mag sein, dass ein plötzlich auftretender Personal-Engpass dies erforderte, jedenfalls ergab es sich, dass ihm beim Abräumen einer unserer Teller entglitt und mit Schmackes auf den Tisch knallte. Zurückgebliebene Soßenreste inklusive. Und der Meister sah uns an, als hätten wir ihm soeben ein Bein gestellt, und sagte „Oh". Zu uns! Er hatte uns tatsächlich angesprochen. Uns! Nach Jahren der Missachtung. Es war einfach nicht zu fassen.

Von da an nahmen die Dinge ihren Lauf. Als wir die gastliche Hütte verließen, gönnte er uns ein wohlwollendes „Buenos Noches", am nächsten Morgen zum „Buenos Dias" sogar die Andeutung eines Lächelns. Und das hatten wir uns nun ganz bestimmt nicht eingebildet. Wir waren selig und konnten kaum glauben, dass wir das noch erleben durften.

Jetzt ließ sich nichts mehr aufhalten. Am gleichen Abend ein „Hola, que'tal?", mit der unmittelbar nachgeschobenen Übersetzung: „Na, wie gehen, alle gut?"
Eine wahre Verbal-Explosion. Und so ging das tatsächlich in den nächsten Tagen munter weiter.
„Haben gute Wetter heute, machen bueno swimming in Pool."
Aber sicher doch. Wenn er das sagt.
Er begann, sich nach unseren Kindern zu erkundigen, die Bar seines Schwagers an der Promenade zu empfehlen,

die selbstredend die besten Cocktails der gesamten Insel feilbot, außerdem auf die Regierung zu schimpfen und uns sein Leid mit der Schwiegermutter zu klagen. Er zeigte uns Fotos seines Hundes und seiner Frau, und zwar genau in dieser Reihenfolge, und begann, mit uns über die Chancen der spanischen und der deutschen Nationalmannschaften zu diskutieren.

Inzwischen kennen wir ihn besser als unseren Gemeindepfarrer und genießen die neidischen Blicke derer, die vergeblich um seine Aufmerksamkeit buhlen. Armselige Würstchen! Entweder man hat's oder man wird es nie haben. So ist das halt auf dieser Welt. Jetzt warten wir darauf, dass er uns zu sich nach Hause einlädt. Dann wären sowohl der Familienanschluss als auch unser Glück komplett.

Doch dann, heute Abend, als wir damit gerechnet haben, dass er endlich diesen finalen Schritt geht, da joggt der Versager an uns vorbei ohne uns eines Blickes zu würdigen. Er übersieht uns und unser begeistertes Winken, überhört unseren herzlichen Gruß und tut so, als habe er uns noch nie wahrgenommen. Als seien wir blutige Neuankömmlinge, die sich seine Aufmerksamkeit erstmal mühsam erwerben müssen. Und er haut dem Ganzen die Krone ins Gesicht, als er die Familie am Nebentisch, die, wie man an ihrer schneeweißen Hautfarbe sehen kann, definitiv erst heute auf diesem Eiland gelandet ist, nach allen Regeln der Kunst herzt und betüddelt wie ein vor Stolz platzender Trainer seine Schützlinge, die soeben eine Olympische Goldmedaille gewonnen haben. Und uns lässt er links liegen. Geht uns konsequent aus dem Weg. Ja, ist das denn zu glauben? So ein elender Verräter! Es gibt Menschen auf dieser Welt, die haben ein Benehmen wie eine Horde ostukrainischer Motorrad-Rocker. Jetzt mal unter uns: Wollten Sie mit so einer Kakerlake auch nur irgendwas zu tun haben? Also, wir definitiv nicht!

■ ■ ■

Bitte recht freundlich

Jetzt mal Hand aufs Herz, wer von uns erinnert sich nicht an diese Termine, die wir schon in frühester Jugend nur sehr wiederwillig wahrgenommen haben? Der Zahnarzt steht dabei ganz sicher ganz oben auf der Liste. Aber auch Friseur oder Geburtstage bei Tante Inge waren nicht gerade der Brüller. Ich möchte aber hier und jetzt die endlos erscheinende Zeit in Erinnerung rufen, die wir mit oder bei einem Fotografen verbringen mussten. Ob wir nun wollten oder nicht.

Das fing schon als Säugling auf dem ominösen Bärenfell an, das allerdings in den meisten Fällen eher ein Fell vom Schaf oder ein Flokati-Teppich war. Auf dem man unschuldig wie eine Braut hindrapiert wurde. Und zwar nackig! Als ein paar Monate alte Kröte kann man sich schließlich nicht wehren. Und weiter ging das dann nahtlos mit Kindergarten, bei der Einschulung, Kommunion oder alternativ Konfirmation, Abschlussball, Abi-Ball und bei diversen Freizeitaktivitäten wie zum Beispiel Fußball-, Reit- und Tennisturnieren und weiß der Deubel noch mal.

Es waren jedenfalls zumeist erzwungene Maßnahmen, anlässlich derer wir ordentlich gekleidet und gekämmt, vor allem aber frohgemut und selig lächelnd in die Kamera zu glotzen hatten. Auf dass Mama und Papa, Onkel und

Tante, vor allem aber Omma und Oppa sich angesichts der entwickelten Bilder gar nicht mehr einzukriegen gedachten. Och, guck mal, isser nich süß, der Kurze, ganz die Mama oder der Papa oder sonstwer aus der Sippschaft. Wie wir uns selbst dabei fühlten, danach wurde nicht gefragt. Hätt ja auch definitiv niemanden interessiert.

Und doch ist das alles im Grunde vollkommen harmlos im Vergleich zu dem, was einem an Bord eines Kreuzfahrtschiffes widerfährt. Man hat diesen Bord noch nicht einmal erreicht, da wird man von einem unbedarften Mädchen oder aufdringlichen Jüngling vor eine atemberaubende Seefahrtkulisse dirigiert und aufgefordert, möglichst debil in die Kameralinse zu grinsen. Völlig wurscht, wie kaputt man nach dem nächtlichen Aufstehen und der stundenlangen Anreise auch aus der Wäsche stiert, das Einschiffungsfoto ist Pflicht. Und der Reisende lässt es über sich ergehen, denn wer will schon noch vor dem Ablegen als Spielverderber oder Spaßbremse abgestempelt sein? Wobei der unwissende Kreuzfahrtneuling (bei den vielgereisten Veteranen sieht das schon anders aus) ja in diesem Moment ja nicht mal ahnt, dass dieses Prozedere noch harmlos ist zu dem, was den kreuzfahrenden Passagier in den nächsten Tagen noch alles erwartet.

Denn von Stund an weicht einer von diesen anscheinend unzähligen, mit mächtiger Spiegelreflex bewaffneten Kreuzfahrt-Knipsern dem Gast nicht mehr von der Seite. Egal, wohin dieser seinen Fuß auch setzt, der Kameramann oder die Kamerafrau ist schon da. Er geht die Treppe hinunter und an der untersten Stufe empfängt ihn das Objektiv. Er sitzt beim Abendessen, will sich soeben das gegrillte Rinderfilet hinter die Kiemen schieben, und schon erschallt das Kommando „Keep smiling – I'll take a picture!".

Die Fotomafia lauert bei der Seenotrettungsübung, dem Landausflug, beim Theaterbesuch, am Pool, in der Disco, bei der Flower-Power-Party, beim Nachmittagskaffee, beim Seniorenschwof oder in der Shopping-Mall. Nirgendwo ist man vor dem Eifer dieser Herrschaften sicher. Außer vielleicht beim Gang aufs Klosett. Und selbst da bin ich mir mitunter nicht so sicher.

Nun ist das militante Geknipse nur eine Seite der Medaille. Die andere, beinahe noch schlimmere, tritt in Erscheinung, wenn man den bordeigenen Fotoshop betritt. Und zwar, wenn man dort das Ergebnis der immerwährenden Knipsorgien zur Hand nimmt, den Schrott, der angesichts der Massenproduktion zwangsläufig anfällt, aussortiert, Gefallen an den danach verbleibenden wenigen Bildchen findet und das Mädchen hinter dem Tresen nach dem Preis für diese Handvoll Hochglanzerzeugnisse befragt. Der Betrag, den sie daraufhin nennt, ist nicht nur dazu angetan, dem Gast die Socken auszuziehen. Er beginnt auch umgehend darüber nachzudenken, ob er tatsächlich eines oder mehrere der bunten Porträts erwerben oder besser das ersparte Geld in die nächste Kreuzfahrt oder eine alterssichernde Goldreserve investieren sollte.

Und so bleibt es nicht aus, dass er neben dem aufdringlichen Fotopersonal gleich noch ein weiteres, schwerwiegendes Problem am Hals hat, auf das er liebend gern verzichten könnte. Und das ihn, wenn es ganz schlecht läuft, bis zum Ende der Kreuzfahrt nicht mehr loslässt.

■ ■ ■

All inclusive

Wenn es im Urlaub um die Verpflegung geht, steht die All-inclusive-Verpflegung seit Jahren ganz weit oben. Das trifft sowohl auf den Aufenthalt im Hotel als auch in noch weit größerem Maße auf die Reise an Bord eines Kreuzfahrtschiffes zu. Dort erlebt der Passagier eine 24-Stunden-Rundum-Versorgung, die nun wirklich nichts zu wünschen übrig lässt. Abgesehen von den Hauptmahlzeiten wie Frühstück, Mittagessen und Abendmenü kann man sich in zahlreichen Bars, Cafés und Eisbuden, an Pizza- und Burgerständen sowie diversen Spezialitätenbüffets bei Bedarf fast im Minutentakt verwöhnen lassen. Das gilt allerdings nur, solange der Gast seine maritime Behausung nicht verlässt.

Nun liegt es in der Natur einer Kreuzfahrt, dass die schwimmende Kleinstadt regelmäßig in einem Hafen anlegt, von dem aus man fremde Städte und idyllische Landschaften erkunden und so seinen beengten Horizont erweitern kann. Was allerdings zur Folge hat, dass man dafür das Schiff verlassen muss. Sonst sähe man ja nix.

Was allerdings wiederum bedeutet, dass sich eine elementare Lücke in der ansonsten geschlossenen Verpflegungskette nicht vermeiden lässt. Womit sich für den erkundungswilligen Ausflügler die bange und schwerwiegende Frage stellt: Wat nu? Wie soll man die vor einem liegenden Stunden überleben, ohne dass ständig ein Büffet-Restaurant in Reichweite ist? Vor allem aber, wie vermeidet man den drohenden Verlust an Verpflegungskosten, die man ja schließlich mit dem Reisepreis bereits vorab entrichtet hat?

Tja, da ist guter Rat in der Tat teuer. Was jedoch eher für den Kreuzfahrt-Novizen zutrifft, der noch nicht über einschlägige Erfahrungen und Strategien verfügt. Der versierte Kreuzfahrt-Tourist hingegen ist auch in einer solchen Situation nicht aus der Ruhe zu bringen. Ich will Ihnen das gern mal an einem Beispiel verdeutlichen.

Also, wir sitzen am Morgen in einem der Restaurants, um dort unser Frühstück einzunehmen und anschließend eine der schönen südeuropäischen Metropolen zu besuchen. Neben uns sitzt ein Ehepaar, das offenbar ähnliche Pläne hat. Unter dem Tisch stehen Rucksäcke parat, über den Stuhllehnen hängen leichte Jacken sowie Sonnenhut und Kappe. So gesehen sind sie perfekt auf den Tag vorbereitet. Was noch fehlt ist ein adäquates Fresspaket, um auch nahrungstechnisch unbeschadet durch eben diesen Tag zu kommen. Während wir, gut erzogen und zurückhaltend, wie wir sind, uns verschämt jeweils eine Banane und einen Muffin in die Hosentasche schieben, haben sich unsere Tischnachbarn vorsichtig geschätzt 20 Toastbrot-Scheiben besorgt, dazu Belag in Form von Käse, Wurst und Schinken in entsprechender Menge samt Butter, Salatblättern, Tomaten- und Gurkenscheiben. Dann beginnt die fürsorgliche Ehefrau, aus diesen Zutaten zehn formidable Sandwiches zu produzieren. Diese werden anschließend erst in eine Papierserviette, dann in die aus dem Bad mitgenommenen Plastikbeutel für Damenbinden, und diese Kunststoffpäckchen in die blauen Stoffservietten des Schiffsrestaurants gewickelt. Derart perfekt verpackt stapeln sich auf dem Tablett unserer Tischnachbarn mehrere brikettgroße Pakete. Damit sollte das Überleben über den Tag eigentlich gesichert sein. Eigentlich. Doch das Pärchen hat, was das angeht, ganz offensichtlich noch seine Zweifel. Also karrt die männliche Hälfte in Windeseile zusätzlich ein Kilo

Bananen, eine Palette Schokohörnchen und Milchbröt-chen sowie ein gutes Dutzend gekochter Eier herbei, die ebenfalls allesamt in blaue Servietten eingehüllt werden. Anschließend holt er den bislang noch wenig gefüllten Rucksack hervor und stapelt geschickt seine Schätze dort hinein. Damit haben die Beiden einen Vorrat zur Verfü-gung, mit der sich eine Fußballmannschaft problemlos ein Wochenende lang verköstigen könnte.

Nun geht unsereiner davon aus, dass den Catering-Vorbereitungen damit genüge getan sei. Doch genau in dem Moment holt die gnädige Frau zum absoluten Finale aus, öffnet ihre Handtasche, entnimmt dieser zwei weitere Plastiktüten und füllt in die erste eine formidable Portion Müsli mit Joghurt und in die zweite eine ebensolche Por-tion Fleischsalat ein. Spätestens in dem Augenblick macht sich bei uns die beruhigende Gewissheit breit, dass, wenn man alles richtig macht, all inclusive auch dann perfekt funktioniert, wenn man den angestammten Futtertrog für eine Weile verlassen muss. Und dass wir nicht Sorge haben müssen, die Beiden am Abend oder in den nächsten Tagen nicht mehr wieder zu sehen, weil sie möglicherweise vor lauter Hunger den heutigen Tag nicht überleben. Von sol-chen Menschen, soviel ist mal sicher, können auch wir noch eine ganze Menge lernen. Was wieder einmal beweist, dass Reisen allemal bildet. Selbst wenn es nur ums Essen geht.

■ ■ ■

Mit Liebe gemacht

Wer lecker essen oder trinken will, sollte Wert auf gute Zutaten legen. Das wird Ihnen jeder Koch oder Barkeeper gern bestätigen. Gut, ein gewisses Talent bei der Zubereitung ist sicher nicht unbedingt schädlich. Und dann gibt es da offensichtlich eine weitere Komponente, deren Einfluss auf Geschmack und Genuss man nicht unterschätzen sollte.

Zumindest gingen wir davon aus, als wir im Urlaub dieses Plakat an einer Bar entdeckten, die alkoholische Getränke aller Art im Angebot führte. Und die auf eben diesem Plakat mit dem Versprechen warb: *Mit Liebe gemacht.* Spontan waren wir überzeugt, hier nun wirklich nichts falsch machen zu können. Ganz gleich, was wir in diesem Etablissement auch bestellen würden, es würde uns schmecken. Ohne Wenn und Aber. Wo Liebe im Spiel ist, da geht man kein Risiko ein. Da waren wir uns absolut sicher.

Also nahmen wir Platz und bestellten, weil uns gerade danach war, einen Liter Sangria. Es war ein wunderbarer Tag, wir waren gut gelaunt und hatten Durst. Dementsprechend fiel die Vorfreude auf das spanische Nationalgetränk aus.

Erfreulicher Weise mussten wir nicht lange warten bis der Kellner den Glaskrug samt zwei Gläsern auf unserem Tisch abstellte. Unerfreulicher Weise mussten wir allerdings gleichzeitig feststellen, dass die Sangria nicht nur mit ganz viel Liebe, wovon wir doch immerhin stark ausgingen, sondern vor allem mit massenhaft Eiswürfeln hergestellt worden war. Nicht nur die beiden Gläser waren randvoll mit wahren Eisklötzen angefüllt, auch in der Karaffe übte ein rundes Dutzend dieser Prachtexemplare einen enormen

Verdrängungsdruck auf die Flüssigkeit aus. Wohlwollend geschätzt dürfte der Literpott etwa zu einem Fünftel mit dem weinhaltigen Getränk gefüllt gewesen sein. Da war es geradezu ein Segen, dass sich auch in den Gläsern nicht eben viel Luftraum befand, so dass wir es tatsächlich schafften, jeweils einen kompletten Drink einzufüllen. Den wir dann allerdings zügig wegziehen mussten, um einen Rest von Geschmack zu retten, bevor die schmelzenden Eisklumpen das Ganze in eine undefinierbare Wassersuppe verwandelt haben würden.

Über den Preis dieser Eiswürfelorgie möchte ich an dieser Stelle lieber den Mantel des Schweigens breiten. Da wurde zweifellos in weitaus größerem Maße die Liebe honoriert als das, was mit eben dieser in den Sangria-Krug gezaubert worden war. Verzehrt war das Ganze jedenfalls fix wie nix, so dass wir bereits kurz nach der Bestellung die gastliche Stätte wieder verlassen konnten. Und zwar zum einen mit reichlich erkalteter Liebe für diesen Schuppen. Und zum anderen mit dem festen Entschluss, uns umgehend eine Cocktail-Bar zu suchen, in der es eine Sangria gab, die verdammt nochmal mit einem überschaubaren Eisanteil, dafür aber mit reichlich Rotwein, Likör und frischen Früchten gemixt worden war. Auf die Liebe bei der Zubereitung würden wir leichten Herzens und ohne Verlustängste nur allzu gern verzichten können.

■ ■ ■

Feindliche Übernahme

Man liest und hört ja in letzter Zeit in zunehmendem Maß davon, dass es um den Bestand der heimischen Insekten nicht gerade zum Besten stünde. Soll heißen, deren Bevölkerung nimmt rapide ab und steht bei bestimmten Arten offenbar kurz vor der unmittelbaren Ausrottung. Weil es an blühenden Wiesen und vor allem Gärten fehlt, die den fliegenden Gesellen ein adäquates Revier und damit ausreichend Nahrung bieten.

Das ist zweifellos ein sehr ernst zu nehmendes Problem, und ich wäre der Letzte, der angesichts dieser alarmierenden Entwicklungen nicht augenblicklich ein ausgeprägtes Helfersyndrom entwickelte. Meiner Frau, das sei an dieser Stelle erwähnt, ergeht es dabei nicht anders. Und so waren wir uns sofort ohne große Diskussionen einig, dass wir hier helfend eingreifen müssen. Und zwar auf der Stelle. Wobei das mit der ausbleibenden Diskussion schon eine absolute Ausnahme war, denn normaler Weise …. also, ich kann Ihnen versichern …. mein lieber Scholli …. aber ich will jetzt weder aus dem Nähkästchen plaudern noch vom eigentlichen Thema ablenken.

Jedenfalls sind wir ohne Umschweife zur Tat geschritten. Haben unseren ohnehin schon mit einer Vielzahl an Blumen, Sträuchern und Gräsern gesegneten Garten nach allen Regeln der Kunst aufgerüstet, ohne eine einzige Leerstelle übrig zu lassen. Abschließend verfügten wir, und damit auch die Heerscharen der fliegenden Insekten, über eine Blütenpracht, die ihresgleichen suchte. Und vor allem, die nie zum Erliegen kam. Kaum stellte die eine Spezies ihr Blütenwachstum ein und zeigte nur noch verwelkende Stängel, schon sprang die nächste in die Bresche und entfaltete ihre ganze Nahrung spendende Schönheit in prächtigen Farben. Für Nahrungsnachschub war also permanent gesorgt, und wir kamen nicht umhin, uns innerlich auf die Schultern zu klopfen und zufrieden festzustellen, der Natur einen wichtigen Dienst erwiesen zu haben.

Zumal sich die saugenden Tierchen wie jeck über unsere Nektarvorräte her machten und schlürften, was das Zeug hielt. Ständig waren die Blütenkelche von wahren Horden belagert, das war ein Gesumme, Gebrumme und Gedröhne, das selbst den Rasenmäher des Nachbarn in den akustischen Schatten stellte.

Insofern hätten eigentlich alle Beteiligten vollauf zufrieden sein können. Aber wie das so ist, der Zufriedene wird schnell unverschämt, und man weiß ja, dass, wo Licht ist es auch jede Menge Schatten gibt. Und zwar in unserem Falle dergestalt, dass wir uns irgendwann nicht mehr so recht an unserer Parzelle erfreuen konnten. Ja, wir wissen inzwischen im Grunde nicht einmal mehr, ob das überhaupt noch unser Garten ist. Denn das Bienen-, Wespen-, Hummel- und was weiß ich was noch-Volk hat ganz offensichtlich die Herrschaft über unser bepflanztes Refugium übernommen und behandelt uns wie lästige Eindringlinge. Ausgerechnet uns, die wir ihnen doch dieses Paradies erst erschaffen haben.

Während sie den Nachbarn mit seiner Rasenfläche und den gepflasterten Wegen mit Verachtung strafen, haben sie ihren Lebensmittelpunkt völlig in unseren Grüngürtel verlagert. Und wehe, meine Frau oder ich wagen uns in ihre Nähe. Vielleicht um mal zwischen den Blumen und Büschen Unkraut zu jäten. Oder um abgestorbene Blütenstängel zu entfernen. Oder um die Pflänzchen mit Wasser zu versorgen, auf dass sie weiterhin zuverlässig neue Blüten hervorbringen. Dann sind die Viecher aber sowas von in Aufruhr. Starten gemeingefährliche Angriffe auf uns, als müssten sie ihr Territorium mit Rabatz und dem Einsatz diverser Stichwaffen gegen lästige Angreifer verteidigen. Von sich in die Angriffe einmischende Mücken oder auf dem Boden herum wuselnde Ameisen und anderes Getier, das ebenfalls mit Juckreiz auslösenden Biowaffen ausgerüstet ist, will ich gar nicht erst reden.

Sie alle hinterlassen ihre Spuren an und auf uns, so dass wir an manchen Abenden aussehen wie Kleinkinder mit Masernbefall. Stiche, Pöckchen, Ausschläge und Schwellungen zieren unsere gemarterten Körper. Die man beim besten Willen nicht mehr getreu dem Motto *Viel Feind, viel Ehr* mit Stolz trägt, sondern die einfach nur Ärgernis und Quälerei in einem sind.

Aber so ist das ja leider oft im Leben. Undank ist der Welten Lohn, und wer eine helfende Hand reicht, dem wird nicht selten in selbige gebissen. Und so bleibt uns in den heißen Sommermonaten nichts anderes übrig, als den vereinigten Insektenscharen mit Vorsicht und gebührendem Abstand zu begegnen und notwendige Tätigkeiten am Grünzeug möglichst auf die Stunden der Dämmerung zu verschieben, wenn die aggressiven Besatzer sich zwecks Feierabendgestaltung in ihre Nester und Stöcke zurückgezogen haben. Dass dabei immer auch mal wieder nachtschwarze Gedanken aufkommen, die uns suggerieren wollen, doch besser einen Steingarten anzulegen mit nichtblühendem Gesträuch, um künftig ein für alle Mal seine sommerliche Ruhe zu haben, lässt sich leider nicht vermeiden. Noch allerdings konnten sich diese Gedanken bei uns nicht wirklich durchsetzen. Wie gesagt: Noch!

Das Monster an der Wand

Es heißt ja gemeinhin, man möge bei der Wahl seines Berufes die Augen offen halten, um nicht möglicher Weise eine böse Überraschung zu erleben. Mit Kindern, das behaupte ich mal so, verhält es sich nicht viel anders. Auch hier sollte man gründlich in sich gehen, um zu prüfen, ob man den zu erwartenden Anforderungen auch wirklich gewachsen ist. Denn es ist keine Frage, dass man sein Leben lang Eltern bleibt. Weil, und das ist genauso unzweifelhaft, ein Kind immer ein Kind bleiben wird. Egal, ob die einstmals Kurzen inzwischen 20, 30 oder 40 Jahre alt sind.

Wer meinen Worten trotzdem eher skeptisch gegenüber steht, dem möchte ich an dieser Stelle mit einem kleinen Beispiel die letzten Zweifel nehmen.

Es ist Sonntagabend, wir sollen soeben erfahren, wer im Tatort als ruchloser Mörder entlarvt wird, da klingelt das Telefon. Boah, was für ein mieses Timing! Wir stellen kurz Überlegungen an, wer das um diese Zeit wohl sein könnte. Will sich unser Nachbar mal wieder über irgendetwas beschweren? Meint vielleicht ein cleverer Vertreter, uns gerade jetzt, wo er uns garantiert zu Hause wähnt, eine Kiste Wein verkaufen oder eine Versicherung andrehen zu können? Hat die Omma mal wieder irrtümlich den Knopf mit der Wahlwiederholung gedrückt? Der Möglichkeiten gibt es viele. Also greifen wir zwar genervt aber dennoch entspannt zum Hörer, überzeugt, das Problem im Handumdrehen gelöst zu haben. Um kurz darauf festzustellen: Am anderen Ende ist unsere Tochter. Und zwar mit derart Panik in der Stimme, dass uns auf der Stelle klar ist: Da muss was ganz Schlimmes passiert sein. Sofort vergessen wir alle Tatorte und Mörder dieser Welt und wollen nur noch eins: Dem armen Kind in seiner Not und Pein helfen.

Also fragen wir ebenso umgehend wie besorgt, was ihr denn a) Schreckliches widerfahren sei und b) wie wir ihr todesmutig zur Seite springen könnten, um Schaden und Unheil von ihr abzuwenden. Und dann sagt das Kind doch tatsächlich: Es ist so furchtbar, ich habe eine Spinne im Zimmer!

Aha, schau an, eine Spinne, also, das ist ja nun wirklich, äähh, wie soll ich sagen, mal eine echte Ansage. Und dafür verpassen wir nun das Tatort-Ende, auf das wir knapp ein-einhalb Stunden hingearbeitet haben? Ich will nur hoffen, dass es sich jetzt mindestens um eine Vogelspinne in der Größe eines Suppentellers handelt, nach deren Biss man in Sekundenschnelle tot umfällt.

Es stellt sich aber schnell heraus, dass wir über eine handelsübliche Haushaltsspinne reden, etwa in der Größe eines 10-Cent-Stückes. Also, wenn's hochkommt. In uns reift die Überzeugung, dass wir dafür nun wirklich nicht unser kuscheliges Heim verlassen müssen, um gegen das Untier heldenhaft zu Felde zu ziehen. Doch noch während wir den Entschluss fassen, das Ganze per Ferndiagnose aus der Welt zu schaffen, schallt es uns schon aus dem Hörer entgegen: Ich hab so Angst, könnt ihr nicht vorbei kommen?

Also doch hinfahren? Für so eine Bagatelle? Schließlich ist das Kind 32. Und bis wir da sind, ist das Vieh womöglich längst in irgendeine Ritze entschwunden und wir ziehen unverrichteter Dinge wieder heim. Wir beschließen, das Kind erst einmal zu beruhigen.
„Sieh mal, so eine Spinne, die ist doch total harmlos, die tut doch keinem was."
„Doch tut die was, nämlich mir Angst machen."

„Na, na, Angst ist doch was für Feiglinge."

„Dann bin ich eben ein Feigling."

„Nein, das bist du nicht. Du doch nicht! Und du hast doch sicher einen Staubsauger?"

„Ja, hab ich, wieso?"

„Damit hast du das Untier ratz-fatz von der Wand gesaugt."

„Seid ihr verrückt, wisst ihr, wie nah ich da ran muss?"

„Entschuldigung, nah? Bei dem langen Saugrohr?"

„Wenn ich der näher komme, springt die mich garantiert an."

„Sicher, die ist ja auch Weitsprungweltmeister."

„Ihr habt gut lästern, ihr seid ja auch nicht hier. Aber die sieht total sportlich aus."

„Dann komm zu uns und lass sie springen."

„Und dann? Soll ich etwa die Wohnung abfackeln, damit sie endgültig weg ist?"

„Aber nicht doch, du hungerst sie einfach aus."

„Das klappt nie! Bei dem, was ich alles an Essen im Haus habe, dauert das Jahre."

„So lange lebt die ja gar nicht."

„Aber sie lebt jetzt und macht mir Angst!"

Spätestens in diesem Moment versagt jedes noch so gut gemeinte Argument. Uns bleibt nichts anderes übrig, als uns auf den Weg zu machen, um dem Drama an Ort und Stelle ein Ende zu bereiten. Doch das ist leichter gesagt als getan. Denn als ich beherzt zum Staubsauger greifen will, um das Getier, das wider Erwarten immer noch regungslos an der Wand verharrt, per Saugrohr in den Beutel zu transportieren, werde ich aufs Heftigste ausgebremst. Denn statt froh zu sein, die Spinne in den ewigen Jagdgründen zu wissen, entscheidet sich unsere Tochter, ihr in einem Anfall überbordender Nächstenliebe das Überleben zu schenken.

Also, leeres Marmeladenglas geschnappt, Ansichtskarte dazu, Glas über das Tier gestülpt, mit der dazwischen geschobenen Karte die Spinne von der Wand geschubst, so dass sie fluchtartig ins Glas entweicht, Karte über die Öffnung, das Ganze nach draußen getragen und den Plagegeist in die freie Natur entlassen. Anschließend dem erleichterten Kind fürsorglich über den Kopf gestrichen, insgeheim den Blick an die Decke gerichtet und dabei mit einem abgrundtiefen Seufzer ganz tief durchgeatmet. Dann sind wir wieder nach Hause gefahren. Der Abend war gegessen, aber was zählt das schon im Vergleich zu diesem unvergleichlichen Gefühl, eine wahrhaft gute Tat vollbracht zu haben. So gut wie nichts, werden Sie sagen. Und Sie haben ja sowas von Recht!

Ich denke, damit ist eindrucksvoll bewiesen, dass es nicht nur heißen muss: Augen auf bei der Berufswahl, sondern dass dies mindestens in gleichem Maße für die Produktion von Nachwuchs gilt. Nur wer sich ganz sicher ist, die Tatsache Einmal Eltern, immer Eltern für den Rest seines Lebens zu akzeptieren, sollte auch Kinder in die Welt setzen. Ansonsten gibt es nur eins: Finger weg von dem Thema und vielleicht besser einen Hund kaufen. Ob die Tage, Abende und Nächte mit so einem Haustier allerdings ruhiger und weniger anstrengend verlaufen, da bin ich mir nicht so sicher. Kann ich aber auch nicht beurteilen. Schließlich haben wir keinen Hund. Kinder hingegen schon. Und das ist ohne jeden Zweifel gut so!

■ ■ ■

Der Auserwählte

Es mag etwa ein halbes Jahr her sein, da saß ich nach dem Sport noch mit meinem Kumpel Harald auf ein Pils. Das hat sich im Laufe der Zeit so eingebürgert, schließlich muss die Quälerei ja auch für irgendwas gut sein. Außerdem eröffnet es uns zweimal in der Woche die Gelegenheit, im Gefühl der Selbstzufriedenheit über unser sportliches Bemühen über Gott und die Welt palavern zu können.

Er wirkte allerdings dieses Mal nicht so gelöst, wie ich das normalerweise von ihm gewohnt bin. Und dann sagt er doch tatsächlich ganz unvermittelt: „Weißt du was, mitunter habe ich den Eindruck, ich bedeute eigentlich niemandem etwas."

Das kam für mich nun wirklich überraschend.

„Aber ich bitte dich", versuchte ich einzulenken, „für die Barbara bist du doch ganz bestimmt der Größte."

Barbara ist seine Frau, und soweit ich das beurteilen kann, hält sie durchaus große Stücke auf ihn.

„Und deine Kinder? Die könnten sich doch keinen besseren Papa wünschen als dich. Oder denk nur mal hier an die Leute von der Muckibude, da hat dein Wort aber garantiert Gewicht, das musste doch selbst zugeben."

„Ja, das mag ja sein. Aber trotzdem, ich merke doch, dass ich von vielen nur als eine Art Mitläufer behandelt werde."

„Also, das bildeste dir ganz sicher nur ein."

„Nee, nee, das tu ich ganz sicher nicht. Ich komme mir häufig vor, als sei ich nur eine Nummer, und zwar die Null. Ich sage dir, das macht mich ganz schön fertig."

Wie er da so saß, wie ein Häufchen Elend, da tat er mir doch leid. So kannte ich ihn gar nicht. Und mir war klar, dass ich irgendwas finden musste, das geeignet war, ihn aufzuheitern und ihm sein Selbstwertgefühl zurück zu geben.

Zum Glück ist mir dann auch sofort etwas eingefallen. Schließlich ist mir doch vor gut einem Jahr ein Katalog ins Haus geflattert, so wie mir beinahe allwöchentlich unaufgefordert Kataloge und Prospekte in den Briefkasten gesteckt werden. Dieser Katalog bot Schuhe und Kleidung für den Sport- und Freizeitbereich feil, von durchaus namhaften Herstellern zu astronomisch günstigen, da mit satten Rabatten reduzierten Preisen.

Na, da hab ich doch gleich mal zugeschlagen und mir ein Paar von diesen modernen Freizeitschuhen, die wohl Sneakers oder so ähnlich heißen, bestellt. Die auch innerhalb weniger Tage kamen, echt schick aussahen, leider aber nicht mit meinen Quanten kompatibel waren. Die passten eher an einen schlanken Fuß, was wohl daran lag, dass sie aus Japan kamen, und quetschten meinen großen Otto ein wie eine Schraubzwinge. Und da ich nicht Aschenputtel spielen wollte, Sie wissen ja, Stichwort: Was nicht passt, wird passend gemacht, musste ich die Treter schweren Herzens wieder zurückschicken.

Nun werden Sie vielleicht fragen, wie ein Klamotten-katalog und meine zurück geschickten Latschen Kumpel Haralds Selbstbewusstsein entscheidend voranbringen sollten. Haben Sie bitte Geduld, Sie werden es in Kürze erfahren. Was ich nämlich in diesem Moment noch nicht wissen konnte, war, dass ich mit meiner Retoure etwas ins Rollen gebracht hatte, was ich selbst nie im Leben hätte erahnen können. Denn es dauerte kaum eine Woche, da hatte ich erneut Post von der Firma im Kasten. Man sei erfreut, schrieben sie, mir als Top-Kunden, der im Übrigen schon satte 500 Bonuspunkte gesammelt hätte, bei der nächsten Bestellung als Dankeschön eine Mega-Herren-Uhr im Wert von 69,90 Euro dazu schenken zu können. Selbstverständlich gratis und franko.

Was für ein geiler Laden, hab ich mir gedacht. Die erkennen mein Potenzial als Top-Kunden, obwohl ich ja, wenn man's genau nimmt, bei den Herrschaften noch überhaupt nichts gekauft hatte. Und auch nicht vorhatte, das jetzt zu tun. Schließlich habe ich schon drei Uhren und hatte aktuell auch nichts anderes aus deren Sortiment nötig.

Doch auch das haben mir die Burschen überhaupt nicht übel genommen. Kaum war eine weitere Woche vergangen, hatte ich erneut Post von denen. Man sei höchst erfreut, mir mitteilen zu können, dass mich der Finanzchef höchstpersönlich aus nur einer Handvoll ganz besonderer Kunden ausgesucht hätte, einen Gutschein über 20 Euro in Anspruch zu nehmen. Ich müsse nur eine Bestellung in Mindesthöhe von 60 Euro absenden und schon sei der exklusive Bonus der meine.

Na, das lief doch wie das berühmte Bretzelbacken. Ich nahm das mal so hin, dachte, es wird schon seinen Grund haben, wenn ich zu diesen ausgewählten Menschen zählte. Schließlich sollten die Chefs dort doch wissen, was sie tun. Da war es auch wurscht, dass ich außer einer zurückgeschickten Sendung nichts weiter vorzuweisen hatte. Ich beschloss, nicht weiter darüber nachzudenken und das Ganze einfach mal laufen zu lassen.

Und es lief! Und wie es lief! Im wöchentlichen Rhythmus erreichten mich diese Beweise höchster Wertschätzung. Mal war mein Vorname bares Geld wert, dann hatte ich es mir, wie man mir glaubhaft versicherte, verdient, mal wieder ins Rampenlicht gerückt zu werden. Man kam nicht umhin, mir den Titel „Bester Freund" zu verleihen oder den Top-Bonus von 50 Prozent anzubieten.

Aber damit war noch lange nicht Ende der Fahnenstange. Denn eines Tages teilte mir der Chef des Hauses, ein gewisser Herr Limprecht, höchstpersönlich mit, dass ich als einziger Super-Kunde aus Nordrhein-Westfalen soeben in den VIP-Status aufgestiegen sei. Beigefügt war eine Art güldene Kreditkarte, die es mir erlaubte, fortan bis zu 500 Euro auf Pump zu kaufen. Okay, das war jetzt nicht der Oberhammer, aber im Grunde ist es ja eh der gute Wille, der zählt. Zumal der Herr Limprecht nur eine Woche später eine Urkunde nachreichte, die mich endgültig in den Rang des Mega-Spitzen-Ehrenkunden empor hob. Verbunden mit einer erneut goldenen Ehrenkunden-Belohnungsplakette, die es mir angeblich erlaubte, das anzufordern, worauf ich Anspruch hätte. Was das auch immer zu bedeuten hatte.

In dem Moment war mir endgültig klar: Alter, du hast es definitiv geschafft! Etwas Größeres kann es auf dieser Welt nicht mehr geben. Da ist selbst das Bundesverdienstkreuz sozusagen ein Nichts dagegen.

Und wenn das bei mir so wunderbar funktioniert hatte, warum sollte es das bei Harald nicht auch tun? Okay, ob er am Ende bis in den allerhöchsten Olymp würde aufsteigen können, der ja, wenn ich Herrn Limprecht Glauben schenken konnte, eigentlich nur mir vorbehalten war, blieb abzuwarten. Aber einen Versuch war es sicher allemal wert. Doch mein Kumpel war wider Erwarten nur wenig begeistert und erst recht nicht überzeugt.

„Ich meine, das funktioniert jetzt bei dir. Wahrscheinlich, weil du eben was ganz Besonderes bist. Wie ich dir aber vorhin noch erklärt habe, bin ich das nicht. Was also sollte mir dein Erfolgsweg bringen? Weiß doch kein Mensch, ob das auch bei mir klappen würde. Denn sieh es doch mal so: Du bist der von Herrn Limprecht persönlich ausgesuchte One-And-Only-Super-Kunde. Und wenn es stimmt, dass es nur einen geben kann, dann kann doch für mich gar nichts mehr übrig bleiben."

Verdorri, da sagte er was. Da konnte schon was dran sein. Aber wenn ich nun wirklich dieser einzigartige Kunde war, dann konnte ich doch sicher bei Herrn Limprecht ein gutes Wort für Harald einlegen. Schließlich ist er mein bester Kumpel, da sollte man auch mal ein wenig abgeben können. Das musste auch Herr Limprecht einsehen.

Am Ende hatte ich Harald dann doch überzeugt, wenigstens mal einen Versuch zu starten. Viel schlechter, als es ihm jetzt schon ging, konnte es eigentlich kaum werden.

Und was soll ich sagen, alle Zweifel und Vorbehalte erwiesen sich als vollkommen unbegründet. Denn unser Manöver funktionierte. Und zwar auf ganzer Linie. Harald hatte kaum eine erste kleine Bestellung abgesetzt, da ernannte man ihn schon zum TOP-, später dann innerhalb kürzester Zeit zum Super- und gar zum VIP-Kunden. Harald war begeistert. Eine derartige Wertschätzung hatte er in all den Jahren zuvor nicht erlebt.

Ich freute mich für ihn, kam allerdings zugleich auch schwer ins Grübeln. War ich jetzt vielleicht doch nicht der einzige und somit allerbeste und allerwichtigste Ehrenkunde ever? Gab es da etwa tatsächlich andere Götter neben mir? Die ganze Angelegenheit war in der Tat doch ein wenig mysteriös.

Doch dann habe ich mich kurz geschüttelt und beschlossen, nicht länger darüber nachzudenken. Schließlich heißt es doch, dass geteilte Freude doppelte Freude sei. Und dafür hatte ich ja nun immerhin gesorgt. Harald hatte seine Komplexe abgelegt, und nur das war es, was zählte. Waren wir halt beide auserwählte Super-Top-Vips und meinetwegen tausende andere dazu. Man muss im Leben auch mal gönnen können. So einfach ist das!

Nach einigen Monaten des Genießens haben Harald und ich dann vorsichtshalber mal eine Packung T-Shirts und Sportsocken bestellt. Sowas kann man schließlich immer gut gebrauchen. Und bevor der Herr Limprecht vielleicht auf dumme Gedanken kommt und uns aus seiner Ehrenloge verbannt, sind wir lieber auf Nummer sicher gegangen. Denn eins möchten wir beide ja nun auf keinen Fall riskieren, nämlich aus dem Rampenlicht in unser früheres Schattendasein zurückkehren zu müssen. Denn das will doch nun wirklich keiner, nicht mal für ne Million!

■ ■ ■

Der 70. Geburtstag

Man soll ja bekanntlich die Feste feiern, wie sie fallen. Also ich für meinen Teil kann ja mit dieser Feststellung nicht wirklich was anfangen. Denn mal ehrlich, haben Sie schon mal ein Fest fallen gesehen? Ausfallen vielleicht. Oder wenn überhaupt, dann schon eher die Festbesucher, die umgefallen sind, weil sie dem Alkohol in weitaus stärkerem Maße zugesprochen haben, als sie und ihr Gleichgewichtsorgan vertragen konnten.

Aber damit sind wir im Grunde schon fast mittendrin im Thema, das sich mit Gästen einer Familienfeier beschäftigt. Allerdings sind diese in unserem speziellen Fall nicht nur unerwünscht, und das auch noch vom Gastgeber höchstpersönlich, sie zeichnen sich zu allem Überfluss auch noch durch äußerst heikle Essgewohnheiten und diverse Unverträglichkeiten aus. Was die Auswahl eines adäquaten Menüs in die Nähe einer Mission impossible rückt. Der dazu ausgewählte Caterer des Vertrauens kann ohne Zweifel ein leidvolles Lied davon singen.

Dieser stellt gegenüber dem künftigen Altersjubilar soeben fest: „So, Sie haben also in der nächsten Woche Geburtstag."

Worauf dieser pflichtschuldigst antwortet: „Sie haben es erfasst, ich werde tatsächlich 70."

„Oh, meinen herzlichen Glückwunsch", äußert der Caterer erfreut.

Doch der Kunde ist eher Pragmatiker: „Also, ich bin gar nicht so sicher, ob das 'n Grund zum Gratulieren und zum Feiern ist. Aber ich komm da nicht drum rum. Sagt jedenfalls meine Frau. Und was die sagt, ist Gesetz. Da kannste nix machen."

„Äh, verstehe...."

„Außerdem bringt es Unglück, vorher zu gratulieren. Sollten Sie eigentlich wissen."

„Ja, sicher, aber ich meinte ja auch eher, Glückwunsch, dass Sie überhaupt so alt ..."
„Bitte?", fragt der Kunde und wirkt jetzt ausgesprochen entrüstet.

„Schon gut, vergessen Sie's einfach", sagt der Caterer zerknirscht. „Wie kann ich Ihnen denn nun helfen?"

„Wie gesagt, meine Frau hat Einladungen verschickt, sie kann's halt nicht lassen, und das Schlimmste ist, die kommen auch tatsächlich alle. Na ja, fast alle. Aber immer noch genug. Und ich muss denen ja nun was zum Beißen vorsetzen. Ob ich will oder nicht."

„Äh, ja, das wäre vielleicht nicht ganz verkehrt. Woran hatten Sie denn da so gedacht?"

„Wie, gedacht? Gedacht hatte ich eigentlich, dass ich da gut drauf verzichten könnte. Aber dazu isses ja nun wohl zu spät. Also hoffe ich doch, dass Sie mir da was Passendes empfehlen können."

„Aber sicher doch, kein Problem." Jetzt ist der Caterer wieder voll in seinem Element. „Wie wär's denn zum Beispiel mit einer leckeren Fischplatte. Ist gesund und wird immer gern genommen."

„Um Gottes Willen, nur keinen Fisch!"

„Nicht?", fragt der Caterer überrascht.

„Nee, Fisch geht gar nicht. Zum einen ist unser Omma Hilde fast mal anner Fischvergiftung gestorben. Und Cousine Erika wär um ein Haar anner Gräte erstickt. Nee, also wirklich, Fisch is nich!"

„Gut, das verstehe ich natürlich. Dann vielleicht lieber ein schönes Jägerschnitzel?"

„Im Grunde gern. Aber Sie müssen wissen, dass meine Schwester Adelheid doch mit Mustafa aus Tunesien verheiratet ist. Moslem, wenn'se verstehen. Da fällt ja Schwein schon mal per se aus."

„Mmhh, ja, das sieht wohl so aus."

„Und dann sind da ja auch noch Pilze drauf. Absolut undenkbar. Seit unser Oppa seinerzeit beinahe anner Knollenblätterpilz-Allergie abgenippelt wär, kommen bei uns keine Pilze mehr auf'n Tisch."

„Was ganz Feines ist ja auch Boeuf Stroganoff. Das wär auch vom Rind. Ich meine, von wegen dem Mustafa", schlägt der Caterer, der noch guter Dinge ist, voller Eifer vor.

„Ja, schon, aber ausgerechnet wat Russisches? Wer weiß, was da an Dopingmitteln drin ist. Nee, vielleicht andermal, aber diesmal besser nicht. Außerdem hört sich das verdammt teuer an. Und das musset nun wirklich nicht sein."

„Na gut. Dann vielleicht eine Nudelpfanne mit einer himmlischen Käse-Schinken-Sahne-Soße? Die mögen eigentlich alle."

„Kann schon sein. Geht aber trotzdem nicht."

„Ach…"

„Ja, Mann, es kommen allein drei Frauen, die seit Jahren im Weight-Watchers-Programm unterwegs sind. Mit der Sahne-und-was-weiß-ich-was-Soße werden die doch um Monate zurückgeworfen. Und wer hat dann Schuld? Ich mal wieder. Bei denen krieg ich doch nie mehr `n Bein auf die Erde. Nee, das vergessen wir gleich mal wieder."

„Mein Gott, das ist wirklich nicht leicht mit Ihnen", bemerkt der Caterer, inzwischen doch schon leicht genervt.

Doch der Kunde ist nicht aus der Ruhe zu bringen.
„Mit mir wär das schon ganz einfach. Schön lecker Eisbein mit Sauerkraut oder Currywurst mit doppelt Pommes, und die Welt is für mich in Ordnung. Ich kann auch nix dafür, dass meine Gäste so pingelig sind."

„Nein, das können Sie wohl nicht. Also, sehen wir mal weiter. Wie sieht es denn dann aus mit Chili Con Carne?"

„Ich weiß nicht, wenn da einer 'n empfindlichen Magen hat, da ist dann ja ganz schnell Ende im Gelände, nä?", ist der Kunde wenig überzeugt.

„Oder einen schönen schwäbischen Zwiebel-Rostbraten?"

„Hör'n se mir auf mit Zwiebeln. Ne Stunde später haben

die mir derart die Bude verpestet, das krieg ich ja in drei Wochen nicht wieder raus."

„Dann hätt ich noch Peking-Ente. Das wär doch mal was ganz Ausgefallenes."

„Gott bewahre, bloß nix Asiatisches in diesen virenbelasteten Tagen. Da weiß man doch nie, was drin ist. Am Ende noch Hund …"

„Ich muss doch sehr bitten", ist der Caterer nun schwer in seinem Stolz gekränkt. „Das kochen wir schließlich selbst, und ich garantiere Ihnen …"

„Sie können mir so viel garantieren, wie Sie wollen, aber dieses chinesische Geflügel kommt mir nicht aufn Tisch. Außerdem wird das auch nicht gerade billig sein. Und meine Mittel sind nun mal begrenzt." Der Kunde hat definitiv seine Prinzipien, da weicht er keinen Millimeter von ab.

„So langsam bin ich meinem Latein aber am Ende. So einen wählerischen Kunden hatt ich ja lange nicht. Ich bin mir wirklich nicht sicher, ob das mit uns beiden was wird", jammert der Caterer, der langsam seine Felle schwimmen sieht.

„Also, dass das mal klar ist, ich will ja nun nix von Ihnen persönlich. Sie sollen mir einfach nur einen Vorschlag machen, mit dem es keine Probleme gibt. Das kann doch nun so schwer nicht sein."

„Na, Sie sind lustig. Fisch geht nicht, Schwein geht nicht, Pilze scheiden aus, kein Chili, keine Zwiebeln, keine Soße, nichts aus Asien oder aus Russland und was weiß ich noch alles. Und kosten soll es möglichst auch nichts. Ich weiß wirklich nicht …", scheinen unserem Caterer so langsam die Ideen auszugehen.

„Mein Gott, nun stellen Sie sich mal nicht so an. Irgendwas wird einem Profi wie Ihnen doch wohl noch einfallen."

„Ha, ha, von wegen einfallen", flüchtet sich der Caterer in Galgenhumor. „ Wissen Sie was, Sie sind echt ein Kandidat für schottische Tomatensuppe."
„Was ist denn das nun wieder?", fragt der Kunde neugierig.

„Na ja, ganz einfach: Wir stellen rote Teller hin und schütten heißes Wasser rein. Fertig ist die Laube. Und teuer ist es auch nicht."

„Na, siehste", sagt der Kunde zufrieden, „geht doch. Das hört sich doch mal richtig gut an. Da hat keiner was zu meckern und verträglich isses auch. Und wissense was: Packense doch zu jedem Teller noch 'ne schöne Scheibe Toastbrot. Sonst heißt es am Ende noch, ich wär 'n knickriger Sack. Und das kann nun wirklich keiner von mir behaupten!"

■ ■ ■

Friede, Freude, Honigkuchen

Man kann es drehen und wenden, wie man will: Weihnachten steht im jährlichen Festtagskalender immer noch ganz oben auf der Liste. Schließlich wird es von vielen nach wie vor als „Fest der Feste" bezeichnet. Da kann man noch so sehr Weihnachtsmuffel sein, irgendwie kommt man einfach nicht daran vorbei.

Diese besondere Bedeutung wird ja schon dadurch deutlich, dass es mitsamt dem Heiligabend immerhin satte drei Feiertage gibt, was ja vor allem beim berufstätigen Teil der Bevölkerung auf ungeteilte Begeisterung stößt. Außer, sie fallen ärgerlicher Weise auf ein Wochenende. Aber das kommt ja zum Glück nur alle paar Jahre vor.

Nun ist es allerdings kein Geheimnis, dass die Wochen vor der sogenannten Stillen Nacht in vielen Familien alles andere als still und friedlich sind. Sondern eher mit massenhaft Aufgaben, Erledigungen, Stress und oft auch gewalttätigen Auseinandersetzungen verbunden sind. Da sehnt man sich geradezu nach einer willkommenen Ablenkung, nach einem Quell der Freude und Entspannung, nach einigen Stunden der unbeschwerten Zerstreuung. Was kann einem da besseres in die Quere kommen, als einer dieser zahlreich auf Straßen und Plätzen stattfindenden Weihnachtsmärkte, denen man nur zu gern einen Besuch abstattet? Leckeres Essen, wohlduftende Getränke, gediegene Geschenkartikel, weihnachtliche Musik – und über allem diese unvergleichliche romantisch-feierliche Atmosphäre von Friede, Freude, Honigkuchen. Gestresstes Herz, was willst du mehr?

Derart freudig eingestimmt lenke ich meine Schritte zur vorweihnachtlichen Partymeile und bin, kaum dass sich die ersten geschmückten Buden in mein Blickfeld schieben, doch ein wenig irritiert. Ist das, was da soeben an mein Ohr dringt, jetzt ein Weihnachtslied? Oder wurde zu dem Song, der da in Stadionlautstärke über den Platz schallt, nicht im Spätsommer noch am Ballermann das Tanzbein geschwungen? Und denke mir dann: Nun ja, die Zeiten ändern sich halt, und es ist ja auch noch ein wenig hin bis zu den Feiertagen.

Als ich mich dann ins Getümmel stürze, und das mit dem Getümmel ist bitte absolut wörtlich zu nehmen, denn der Andrang bei einem Helene-Fischer-Konzert könnte nicht größer sein, da merke ich doch schnell, dass die Musik nicht nur nach Ballermann klingt. Das hier ist Ballermann! Mit einem DJ am Pult, der schunkelnde und Glühwein schlürfende Menschen in Feierlaune hält und regelmäßig zum Nachfassen alkoholischer Getränke animiert. Okay, der Mann trägt eine rote Weihnachtsmann-Mütze, aber ob es das besser macht? Sein Gefolge jedenfalls scheint prächtiger Stimmung zu sein. Ich für meinen Teil bezweifle jedoch, ob mir dieser Ort die so sehnsüchtig gesuchte Entspannung beschert.

Andrerseits gehöre ich nicht zu den Zeitgenossen, die schon beim ersten Widerstand die Flinte ins Getreide pfeffern. Und so beschließe ich, immer noch ungebrochen frohen Mutes, die Party-People links liegen zu lassen und in den Tiefen des Budendorfes unverdrossen nach Oasen der Ruhe zu suchen. Immerhin hat das Areal die Ausmaße eines durchschnittlichen Fußballfeldes, da sollte sich doch noch das Ersehnte finden lassen.

Also reihe ich mich wieder in die Schlangen der Markt-besucher ein und registriere schnell, dass das Ganze nach einem bestimmten System funktioniert. Man ist Teil einer Masse, die sich geschlossen und im Gleichschritt auf die Wege und Gassen zwischen den Buden ergießt. So könnte man stundenlang mitlaufen, ohne dass etwas passiert, bis man entweder pinkeln muss oder der Hunger beginnt, an einem zu nagen. Und genau das stellt sich nach kurzer Zeit bei mir ein, also Hunger, und so schere ich mit einem beherzten Sprung seitwärts aus dem Schwarm aus, um zielgerichtet vor einer Bratwurst- und Spießbraten-Bude zu landen. Hier stehen die hungernden Menschen allerdings ebenfalls in Vierer-Reihen vor der Essensausgabe und es dauert etwa eine halbe Stunde, bis ich mich zur Herrscherin über Wurst und Pommes durchgekämpft habe. Und weil Kämpfe selten ohne Blessuren ausgehen, habe ich in dieser Zeit diverse Fett-, Senf- und Brandflecken auf meiner erst vor wenigen Wochen erworbenen Winterjacke gesammelt.

Nun ja, so isses halt, viel Feind, viel Ehr. In diesem Bewusstsein verspeise ich meine Wurst und denke, dass ein Bier danach nicht schaden könnte. Also zurück in den Strom und an der passenden Bude wieder seitwärts den Absprung gewagt. Jetzt nur noch energisch und unverzagt bis zur Theke vorarbeiten, dann kann ich endlich bestellen. Und damit es sich auch lohnt, nehm ich gleich zweimal Pils und zur Verdauung der Wurst noch einen Kurzen dazu. Anschließend zurück in die Völkerwanderung und das Spielchen in regelmäßigen Abständen wiederholt.

Zum Beispiel, um mir einen schönen Ballen Zuckerwatte zu gönnen, die ich einst als Kind geliebt habe wie nur was, die mir aber heute schmeckt wie schlecht angerührter Kleister.

Also hole ich mir zur Beseitigung des Geschmacks der süßen Klebmasse zwei Glühwein mit Schuss, nach deren Genuss sich in mir so langsam ein Gefühl von Schwerelosigkeit breit macht.

Derart losgelöst erwerbe ich im Überschwang der Gefühle einen Beutel Walnüsse, von denen ich unbedingt jetzt und auf der Stelle eine probieren will und sie deshalb in Ermangelung eines Nussknackers mit den Zähnen öffne. Weil aber im Alter der Schmelz doch ziemlich zu bröseln beginnt, bricht bei dem Versuch nicht nur die Schale der Nuss sondern auch ein Stück von einem meiner Zähne heraus. Sowas nennt man wohl Kollateralschaden, der nicht nur äußerst ärgerlich sondern auch reichlich schmerzhaft ist.

Und weil ich mal gehört habe, dass gegen Zahnschmerzen das Spülen mit Alkohol helfen soll, kipp ich mir im Schwarzwaldstübchen zwei Obstler hinter die Binde. Und siehe da, als ich die intus hab, tut es tatsächlich schon gar nicht mehr so weh.

Dafür macht sich, da ja seit der Bratwurst doch eine ziemlich lange Zeit verstrichen ist, erneut Hunger in mir breit. Ich entscheide mich für eine Pizza auf die Hand und schiebe ihr, weil mir irgendwie nach einem süßen Dessert ist, eine Tüte Lebkuchen hinterher.

Was zur Folge hat, dass mein Verdauungstrakt undefinierbare Geräusche von sich gibt. Ich verstehe überhaupt nicht, woher das kommt, weiß aber als aufgeklärter Verbraucher, dass hier Magenbitter wahre Wunder wirken kann. Und so gönne ich ihm spontan zwei Jägermeister.

Doch statt sich dankbar über diese medizinische Maßnahme zu zeigen, habe ich eher den Eindruck, dass mein Körper meinem Kopf nicht mehr so recht folgen will. Meine Beine werden weich wie Gummibärchen, Schwindel erfasst mein Denkzentrum und meine Innereien fühlen sich an wie eine Biogasanlage, die jeden Moment in die Luft gehen könnte.

Als ich dann auch noch ins Kinderkarussell falle, mit diesem ungewollt ein paar Runden drehe, daraufhin Ärger mit dem Kassierer bekomme, weil ich kein Ticket gelöst habe, und mich danach zwei Köter bedrohen, vielleicht weil meine Jacke immer noch von der ganz zu Beginn genossenen Bratwurst müffelt, mir dazu aus einem Lautsprecher ein Kinderchor ins Ohr bölkt Lasst uns froh und munter sein, wonach mir im Moment nun so gar nicht zumute ist, da hab ich endgültig die Faxen dicke.

Ich wälze mich mit der Masse Richtung Ausgang, verliere im Gedränge das zwischenzeitlich erworbene Geschenk für meine Frau, und erreiche abgekämpft und geschunden den Ort, an dem ich meinen Wagen abgestellt wähne. Den hat inzwischen allerdings der Abschleppdienst geholt. Ich erwäge kurz, dagegen Einspruch einzulegen wegen höherer Gewalt, denn die Massen haben ein früheres Verlassen des Weihnachtsmarktes ganz einfach nicht zugelassen, verwerfe diesen Gedanken angesichts meines aktuellen Promillepegels jedoch umgehend wieder. Ist vielleicht besser, wenn ich den Bus nehme und mir anschließend drei Tage der Ruhe und Entspannung gönne. Schließlich steht in einer Woche Weihnachten auf dem Programm, mit Besuch in voller Familienstärke von Omma bis Enkel. Und da braucht es, das weiß ich aus jahrelanger Erfahrung, Frische, Kraft und Nerven wie Drahtseile. Sonst steht man das nicht durch. Erst recht nicht, wenn man sich vorher einen Weihnachtsmarkt angetan hat. Das ist mal so sicher wie das Amen in der Mitternachtsmesse.

■ ■ ■

Wilfried Besser

Geboren 1951 in Hildesheim,
lebt seit 1984 in Recklinghausen,
verheiratet, zwei Kinder, zwei Enkel.

Mitglied der Neuen Literarischen Gesellschaft Recklinghausen
(NLGR), Mitglied des DuoLit, Recklinghausen.

2003 und 2014 ausgezeichnet mit der Vestischen Literatureule,
2009 Platz 1 beim Gedichtwettbewerb
    „Das Rathaus, ein Gedicht", Recklinghausen,
2010 Sieger beim „Zweiklang-Wettbewerb"
    von Deichradio Schwanenwede,

Neben den bislang vorliegenden fünf Aphorismenbänden sowie
einem Buch mit Satiren zahlreiche Veröffentlichungen in Antho-
logien, Kalendern, Zeitschriften sowie auf CD und Postkarten.

Kontakt: E- Mail: wilfried_besser@web.de

Besuchen Sie mich auch auf im Internet unter
www.trio-lit-im-vest.de

Bislang von Wilfried Besser erschienen

„Was ist schon die Realität gegen die Wirklichkeit?"
Aphorismen und Gedichte, 2000, Verlag Rudolf Winkelmann,
ISBN 3-921052-79-3

„Bis hierher und noch weiter"
Aphorismen und Prosa, 2002, Verlag Rudolf Winkelmann,
ISBN 3-921052-90-4

„Vom Dasein und Hiersein"
Aphorismen und Gedichte, 2005,
Verlag der Buchhandlung Winkelmann,
ISBN 3-938850-03-5

„Über kurz oder lang"
Aphorismen und Kurzprosa, 2010,
Universitätsverlag Brockmeyer, ISBN 978-3-8196-0774-5

„Schichtwechsel – Sichtwechsel"
Aphorismen, 2013,
Universitätsverlag Brockmeyer, ISBN 978-3-8196-0938-1

„Ob Sie's glauben oder nicht"
Geschichten mitten aus dem Leben - Satiren,
Edition Octopus, 2015, ISBN 978-3-95645-9

„In bester Gesellschaft"
(CD), 2006, Eigenverlag
Aphorismen und andere durchwachsene Texte, gemeinsam mit
Edith Linvers, Helmut Peters, Musik von Kalle Gajewsky.